Éloges du dépassement

DES MÊMES AUTEURS

Thomas Pesquet

Ma vie sans gravité, Flammarion, 2023 ; J'ai lu, 2024.
Thomas Pesquet raconte notre planète bleue, Flammarion Jeunesse, 2023.
La Terre entre nos mains, Flammarion, 2022.
Terre(s), Michel Lafon, 2017.

Étienne Klein

Le temps (qui passe ?), Bayard, 2025.
Transports physiques, Gallimard, 2025.
L'Éternité béante, avec Laurent-Frédéric Bollée et Christian Durieux, Les Liens qui libèrent, 2024.
Courts-circuits, Gallimard, 2023 ; Folio, 2025.
L'Esprit du corps, Robert Laffont, 2021.
La Physique selon Étienne Klein, Flammarion, 2021.
Psychisme ascensionnel, Arthaud, 2020.
Le Goût du vrai, Gallimard, coll. « Tracts », 2020.
Matière à contredire, L'Observatoire, 2018 ; Champs, 2019.
Ce qui est sans être tout à fait. Essai sur le vide, Actes Sud, 2019 ; « Babel », 2022.
Sauvons le progrès : dialogues avec Denis Lafay, Éd. de l'Aube, 2017 ; « Mikros », 2019.
Tout n'est pas relatif, Flammarion, 2017 ; Champs, 2020.
Le pays qu'habitait Albert Einstein, Actes Sud, 2016 ; « Babel », 2018.
Les Secrets de la matière, Librio, 2015, 2018, 2022.
Le Monde selon Étienne Klein, Les Équateurs, 2014 ; Champs, 2015.

(La suite en fin d'ouvrage)

Thomas Pesquet et Étienne Klein

Éloges du dépassement

Entretiens menés par Ulysse Manhes

Flammarion

ISBN : 978-2-0805-0972-7

Chapitre I

Une pulsion d'altitude

Ulysse Manhes : Avez-vous toujours les pieds sur terre ?

Thomas Pesquet : Oh oui, en dépit de toutes les idées qu'on se fait des voyageurs de l'espace ! On ne requiert pas des astronautes qu'ils soient de grands rêveurs : en règle générale, je dirais même qu'ils se gardent d'un excès d'élans métaphysiques !

Pour des raisons dont nous discuterons sans doute, liées à l'infini, à la beauté, on confère au voyage dans l'espace une force lyrique et épique. Il y a du vrai dans cela, bien sûr, mais au risque de décevoir dès la première page, je dois confesser une autre vérité : nous habitons d'abord les domaines de l'action et de l'exécution ; les astronautes n'ont que rarement l'occasion d'être contemplatifs et sont presque systématiquement amenés à enchaîner les tâches dynamiques... Ces domaines n'empêchent évidemment pas l'existence d'une appétence artistique, d'élans musicaux ou d'une capacité à la rêverie solitaire, quand on en a le loisir… il faut dire que le décor s'y prête à chaque instant. Mais oui, je garde les pieds sur terre, pour exécuter la mission !

ÉTIENNE KLEIN : Je vous répondrai que j'ai les pieds sur terre et la tête souvent ailleurs. N'y voyez pas le symptôme de quelque distorsion psychique qui viendrait étirer au-delà de mes limites corporelles la perception que j'ai de moi-même. Ni le signe d'une tendance incorrigible à la distraction (« quoique… », diraient mes proches). Il s'agit plutôt d'une forme d'hommage existentiel à ce qu'ont compris les pères fondateurs de la physique moderne, Galilée et consorts : le monde dans lequel vivent les humains ordinaires tels que vous et moi – je mets ici Thomas de côté – est tellement particulier qu'il masque les propriétés de l'Univers tel qu'il se déploie loin de nous. En un sens, il nous trompe, notamment en nous faisant croire que l'observation attentive et l'analyse rigoureuse des phénomènes suffisent à révéler les lois qui les régissent.

Prenez mon vélo : si j'arrête de pédaler, il finit par s'immobiliser. Qu'est-ce que j'en déduis, naïvement ? Que c'est l'immobilité qui est contagieuse ; que l'élan permanent constitue la loi suprême du mouvement ; que pour qu'un corps se déplace, il faut qu'il soit mû par une force. Or, tout cela est faux. Le principe d'inertie de Galilée au début de XVIIe siècle affirme qu'en l'absence de force extérieure un corps immobile le reste, et un corps en mouvement poursuit sa route en ligne droite à vitesse constante. Si ma bécane s'arrête lorsque je cesse de pédaler, ce n'est pas faute d'être mue, mais parce qu'elle est « anti-mue », si vous voulez : elle subit de discrètes forces de frottement ou de friction qui s'opposent à son mouvement... jusqu'au repos.

La physique moderne est grisante parce qu'elle est contre-intuitive. Pour la faire émerger, il a fallu trouver le moyen « d'aller se faire voir ailleurs » pour tenter de déterminer comment les choses se passeraient dans des contextes radicalement différents : dans le vide ou à cheval sur un rayon de lumière, ou bien au voisinage d'un trou noir... Bref, de grands esprits ont fait avec leur cerveau ce que Thomas a fait deux fois avec son corps : l'envoyer en l'air.

En ce sens, la physique ressemble à la philosophie : son abstraction naît d'un envol hors de notre cage. Voilà pourquoi, disais-je, j'ai souvent la tête ailleurs que là où sont mes pieds.

Mais avant de commencer les festivités, Thomas, j'ai besoin d'être fixé une bonne fois pour toutes :

est-ce qu'on doit dire cosmonaute, astronaute ou spationaute ?

T.P. : Ah, je suis heureux de pouvoir répondre enfin à cette bizarrerie des langues de Babel ; c'est une question qu'on me pose sans cesse, sans doute celle qu'on m'a le plus posée au fil de ma carrière.

Pendant longtemps, la coutume était simple : c'est celui qui a le moyen technique, capsule ou navette, d'envoyer des humains dans l'espace qui choisit le nom qu'ils porteront.

Ainsi, les Russes les premiers ont dit : cosmonaute. Étymologiquement, c'est correct et, à l'usage, très parlant : c'est le voyageur du cosmos.

Les Américains ont opéré un glissement avec astronaute : le voyageur des astres. En orbite autour de la Terre, on est pourtant bien loin des étoiles (la plus proche de nous, Proxima du Centaure, étant à 4 années-lumière, soit environ 37 800 milliards de kilomètres), mais l'image produit son effet : c'est très romantique.

Nous autres Français avons longuement oscillé entre cosmonaute et astronaute, en fonction, justement, du moyen d'accès à l'espace emprunté. Ainsi, ma consœur Claudie Haigneré, qui a volé sur le Soyouz, se présente comme « cosmonaute française », tandis qu'on dit de Jean-François Clervoy, vétéran de trois missions de navette spatiale américaine, qu'il est « astronaute ».

Dans les années 1990, toutefois, un nouveau terme a fleuri, français cette fois : puisque notre véhicule européen, *Hermès*, allait foncer droit dans l'espace, on a naturellement décidé d'appeler ses voyageurs des spationautes.

Un troisième terme était né, avec un troisième moyen d'accès, une troisième nation capable d'envoyer des hommes et des femmes dans l'espace. Hélas, *Hermès* n'a jamais vu le jour, victime de ses retards, de ses dépassements de budget et de la réunification de l'Allemagne (il a fallu se serrer la ceinture outre-Rhin, et de nombreux projets en ont pâti).

Le terme, caduc, a toutefois survécu, porté par la loi Toubon et un certain chauvinisme, et en dépit du fait que l'Académie française a statué en affirmant qu'il n'était pas raisonnable de qualifier un même métier d'autant d'appellations qu'on trouve de langues : un coiffeur, qu'il soit burkinabé ou japonais, se dit toujours coiffeur.

Aujourd'hui, tous les labels semblent aussi valables, même si l'omniprésence de l'anglais fait que l'immense majorité des voyageurs spatiaux – à l'exception des Russes – se dénomment astronautes, y compris les Chinois (qui n'utilisent pas le terme « taïkonautes » qu'on lit pourtant souvent dans la presse). On pourrait dire que c'est assez indifférent, mais c'est oublier combien la terminologie est au cœur de bien des conflits humains !

Vous savez, c'est une folie : on m'a récemment appris que sur ma page Wikipédia, dès que quelqu'un s'aventurait à remplacer « spationaute » par « astronaute », des commentaires tombaient dans le quart d'heure, et un veto francophone frappait la modification.

La guerre des mots est donc encore plus féroce que la guerre des étoiles...

E.K. : Spationaute, pourtant, est de loin le terme le plus juste et le plus direct : l'espace qui est exploré par les gens intrépides dont nous parlons, ce n'est pas tout à fait le cosmos, ni les astres...

T.P. : Tu as tout à fait raison, Étienne ! Mais hélas, la vie, qui ne s'embarrasse pas toujours des réalités étymologiques, est passée par là. Pour ma part, ayant fait mes classes en anglais dans le monde international de l'ISS, je dis astronaute sans arrière-pensée.

U.M. : D'où vous vient, à l'un et l'autre, cette « pulsion d'altitude » ?

E.K. : En ce qui me concerne, nullement d'un atavisme familial. Enfant puis adolescent au sein d'une famille nombreuse, je passais l'essentiel de mes vacances à la campagne, dans l'Yonne, sans y éprouver de véritables passions.

À vingt ans, miracle : pour me remettre des concours, mes parents m'offrent un stage à l'UCPA, histoire que je prenne l'air : je choisis le tour du mont Blanc. C'est ainsi que j'ai découvert Chamonix. J'y ai débarqué d'un train de nuit, un petit matin de juillet 1978, par un beau soleil, et j'ai aussitôt aperçu les sommets de 4 000 mètres, hypnotiques. Je n'ai pas pu décoller le regard. Peut-être suis-je là autorisé à parler de « révélation ». Tout s'est passé comme si l'apparition de ces montagnes dans mon champ visuel avait précédé leur existence…

Lors de notre longue randonnée, nous avons croisé des types étranges, harnachés et costumés, l'air un peu hagard, qui redescendaient du sommet du mont Blanc par le glacier des Bossons : ils avaient des allures de cosmonautes. Pardon : d'astronautes ! Pour moi, ces gaillards venaient d'ailleurs, d'un autre monde. En tout cas, ils n'étaient pas de mon espèce. Une épaisse paroi de verre me séparait encore de l'alpinisme, mais au moins, j'avais vu au travers.

Pendant huit ans, je me suis donc contenté de belles randonnées avec des amis. Puis, un jour de l'été 1986, ou plutôt une nuit, il s'est passé quelque chose.

Nous traversions la Corse par le GR 20. À 3 heures du matin, alors que tout le monde dormait, je suis parti du refuge, sur un incompréhensible coup de tête, avec l'intention de gravir le Monte Cinto, qui est le point culminant de la Corse, à 2 706 mètres. C'était une petite folie : sans lampe frontale, je ne pouvais pas y voir grand-chose. Je me suis donc perdu et n'ai pas atteint le sommet. Mais cela a suffi pour que, dans mon esprit, l'imaginaire de la cordée prenne le pas sur la bonne ambiance de la randonnée : c'est ce jour-là que je me suis décidé à plonger dans l'alpinisme pour de bon, si j'ose dire.

Ce fut aussitôt comme une drogue qui polarisait mon regard. Chaque sommet semblait m'adresser une sorte d'appel : « Viens donc me rejoindre, camarade, c'est par ici que ça se passe. »

Le simple amateur que je suis dirait que l'alpinisme est l'ajustement, en « haute altitude » (mais cette expression va faire sourire Thomas), de la pensée et de l'action à la situation présente : l'esprit et le corps occupent la même zone concentrée de l'espace-temps, sans jamais trop en déborder, même si le regard, lui, peut porter très loin.

Contrairement à l'astronaute, l'alpiniste ne cherche pas à s'élever au-dessus du sommet, au contraire, même. Gravir une montagne, c'est finalement lui faire perdre de la hauteur : tant qu'on n'a pas posé le pied sur son sommet, elle appartient au ciel ; mais, en s'y hissant, on la fait atterrir dans notre monde humain.

De là vient que toutes les montagnes que j'ai gravies me semblent plus basses que celles que je n'ai pas encore escaladées... même si elles ont la même altitude ! Thomas ressent peut-être quelque chose d'équivalent quand il regarde l'ISS passer dans le ciel : j'imagine qu'elle lui semble désormais plus accessible, plus proche qu'avant son premier séjour dans l'espace.

Mais évidemment, quand on regarde les photographies prises par Thomas de la chaîne de l'Himalaya vue de tout là-haut, on est aussitôt « atterrés » (c'est le cas de le dire) : qu'est-ce que c'est bas et plat, soudain !

Alors je peux le clamer haut et fort : j'en veux énormément aux astronautes d'avoir relativisé à ce point – voire ridiculisé – les exploits des alpinistes !

Je me permettrai toutefois une remarque : les grimpeurs ne sont quand même pas n'importe qui ! En effet, d'après les comptes qui ont pu être établis au fil des décennies, il y a plus de gens qui sont allés dans l'espace que de gens qui sont redescendus vivants du sommet du K2, cette montagne si effrayante que d'aucuns la considèrent comme « la personnification géologique de l'angoisse » ! Soyons précis : à ce jour, plus de 600 personnes ont volé au-dessus de 100 kilomètres d'altitude (ce que vous appelez, je crois, la « ligne de Kármán »[1], celle qui délimite l'entrée dans « l'espace »), tandis que moins de 400 sont redescendues de la deuxième plus haute montagne de notre planète…

T.P. : Je me fie à ces chiffres à 300 %. Mais droit de réponse, Étienne ! Avant d'évoquer la pulsion d'altitude, un mot d'abord sur les montagnes vues de la station. J'ai été aussi très frustré moi-même, mais pour des raisons bien différentes : il est assez désagréable d'aplatir toute la planète à son insu… Vu de très haut, quoi qu'on fasse, tout est également plat. J'ai compris depuis l'orbite combien nous avons besoin des reliefs (à commencer par ceux de la géographie, bien sûr).

Par exemple, quand me prenait l'envie de photographier le mont Blanc (sans doute un petit réflexe nostalgique chauvin), il était très ardu de s'y repérer, de le repérer ; et encore, on est vite aidés par le glacier et la vallée de Chamonix.

D'autres montagnes peuvent sembler terriblement interchangeables… et, vu de l'espace, rien ne ressemble plus à l'Everest que les quatre cents

1. La ligne de Kármán, fixée à 100 kilomètres d'altitude, désigne conventionnellement la frontière entre l'atmosphère terrestre et l'espace. À cette hauteur, l'air est si raréfié qu'un avion, même à grande vitesse, ne pourrait plus s'y maintenir en vol par les seules lois de l'aérodynamique : il lui faudrait passer en orbite, comme un engin spatial.

sommets autour. C'est très frustrant : on a le sentiment de prendre des brins d'herbe en photo, tout en sachant que ce sont des immensités grandioses !

Quant à mon désir d'altitude, il n'est pas passé par la montagne : je suis un gars de la plaine normande. J'ai grandi dans l'ordre de la petite échelle : dans une petite famille et une petite campagne – tout ou presque, alors, me dépassait. Ce n'était pas douloureux ni tragique, juste un fait : les échelles de l'enfance, ses hauteurs et ses petitesses sont déterminantes. À cet âge, j'essayais de ramener les choses à ma dimension, à ma mesure. Alors tout naturellement, j'aimais beaucoup les cartes. C'était une passion ; j'aurais eu toutes les raisons de devenir géographe. (D'ailleurs, que sont les cartes, sinon le monde vu du ciel ?) Je tapissais donc les murs de ma chambre de cartes et d'atlas ; j'aimais flairer les distances, suivre les fleuves serpentant dans les villages, les côtes se courbant le long des mers… J'organisais, à ma mesure, le monde humain et le monde naturel. C'est comme ça que je parvenais à l'appréhender, peut-être sans le craindre : en le mesurant et le scrutant de haut !

Ça a commencé comme ça, sans doute.

Je suis d'abord devenu pilote, sans doute pour pouvoir enfin suivre les cartes au fil du vrai monde, mais la forme ultime de cette passion a pris corps dans la station spatiale. Une précision : les cartes du monde, vues de l'ISS, sont des cartes accélérées. À peine un clignement d'œil, et le spectacle a déjà changé. En un battement de cils, littéralement, on passe de New York à la moitié de l'Atlantique... j'avais juste le temps d'un café avant d'arriver à Paris !

On peut ensuite évoquer des raisons plus fondamentales ou psychologiques dans cette passion d'altitude : peut-être le désir de transcendance, de dépassement, d'extension des capacités humaines, d'omniscience, tout ce que vous voudrez... Les explications sont inépuisables. Mais tout est né de cette passion initiale, inaugurale, pour les cartes et la géographie.

E.K. : Le fait que, vue d'en haut, la Terre semble perdre tout relief avait été noté bien avant qu'on aille dans l'espace. À la fin du XIXe siècle, Nadar prit d'innombrables photographies depuis la nacelle d'un ballon, à une hauteur maximale de 300 mètres. Dans son livre *Quand j'étais photographe*, publié en 1900, il soulignait que la Terre lui était apparue comme un planisphère, qu'il ne percevait plus les différences d'altitude, que tout était « au point ». Et Camille Flammarion, son contemporain qui se livrait au même genre d'ascensions, raconta lui aussi que la surface terrestre s'étalait alors comme une « splendide carte géographique ». Mais, je l'accorde, les perspectives auxquelles Thomas a eu accès sont autrement plus plongeantes. Nadar et Flammarion ne pouvaient pas discerner comme un astronaute la platitude des montagnes !

Pour en revenir à la question qui nous est posée, je n'ai personnellement jamais songé à aller dans l'espace... jusqu'à l'appel du CNES, en 1996, si ma mémoire est bonne. Il a révélé en moi un désir ignoré, peut-être simplement endormi, ce « désir du ciel ». J'avais élaboré un épais dossier de candidature, fort motivé, mais on m'a rapidement éliminé de la procédure de sélection à cause d'un tympan jugé problématique.

Je vous entends venir : peut-on en déduire que l'alpinisme serait pour moi une sorte de « compensation » ? De pis-aller symbolique ? Je ne le crois pas, car j'ai commencé à me hisser avant de rêver de voler. Reste que c'est peut-être la meilleure façon – au sens de « à ma portée » – que j'aie trouvée de satisfaire un désir d'exfiltration de notre « ici-bas ». L'alpinisme et la conquête spatiale ont ceci de commun qu'ils sont des sortes d'« exotopies », c'est-à-dire des façons très physiques d'aller se faire voir ailleurs...

Mais il n'est pas impossible que j'aie satisfait ce désir frustré de ciel et d'ailleurs d'une autre façon, en me laissant séduire par... l'abstraction ! Pour tout vous dire, je crois que je ne suis pas loin d'être platonicien, au sens où je ne rechigne pas à penser qu'il y a deux sortes de mondes :

d'un côté, celui dans lequel on vit – la Terre et son atmosphère ; de l'autre, l'Univers. Et qu'on a besoin de connaître le second pour bien comprendre le premier.

Par exemple, ici-bas, les corps lourds semblent tomber plus vite que les légers. Illusion décelée par Galilée grâce à une expérience « de pensée » : il a imaginé un milieu n'offrant aucune résistance au mouvement, à savoir le vide. Plus tard, les mathématiques des physiciens ont acquis le pouvoir de nous projeter dans des régimes de réalité très éloignés de notre expérience directe. Elles apparaissent ainsi – si Thomas veut bien m'autoriser cette expression – comme des « fusées » capables d'atteindre puis de percuter le réel le plus lointain, le plus discret, le moins visible, le plus voilé.

Bref, mon goût pour l'abstraction procède peut-être bien, lui aussi, d'un tropisme aérien, d'une quête de hauteur, d'une hauteur « non spatiale », si j'ose dire.

T.P. : On peut, c'est vrai, prendre de la hauteur dans les idées à défaut de prendre de la hauteur physique. Et réciproquement. Je ne sais pas si j'ai, moi, pris de la hauteur physiquement à défaut de pouvoir m'élever dans les idées. Peut-être trouverait-on, dans l'autopsie de mes ambitions, une carence pour conceptualiser… Comme l'eau qui s'écoule toujours par le chemin de moindre résistance, on finit fatalement par se diriger vers ce dans quoi on est le plus à l'aise dans la vie : il semble que pour moi, c'était l'action ! Ce n'était donc pas, par définition, la réflexion académique ni la production intellectuelle…

E.K. : Le fait même de dire cela témoigne du contraire, cher Thomas.

U.M. : Étienne a dit un jour que l'aventure spatiale de Thomas relève autant de l'épopée fantastique que du confinement. La formule était plutôt ironique : « Quelques mètres cubes pendant six mois. »

E.K. : Durant les confinements de 2020 et 2021 liés à la crise du Covid-19, une question revenait sans cesse : combien de temps cela durera-t-il ? Le confinement était envisagé comme une affaire de temps plus que d'espace. En réalité, nous sommes toujours confinés dans le temps, puisque ce dernier, malgré ses faux airs de fleuve qui se la coule douce, constitue une authentique prison sans barreaux, au moins pour notre corps : nous habitons physiquement l'instant présent et ne pouvons pas en sortir, sauf par la mémoire ou l'imagination. La nouveauté radicale qu'apportait le confinement provenait du fait que nous étions en plus confinés dans l'espace, qui est d'ordinaire le lieu de notre liberté : notre logement s'est soudain transformé en vase clos plus ou moins confortable.

Dans un article, j'avais donc invité à une sorte de relativisation de notre condition d'alors en comparant ce que nous vivions à ce que vivent les astronautes : contrairement à eux, nous pouvions tout de même sortir une heure par jour, non pas en boîte mais hors de la boîte, pour faire nos courses, courir, prendre l'air…

Le hasard avait bien fait les choses. Quelques mois avant le premier confinement, j'avais enregistré une émission sur France Culture où étaient invités à converser l'amiral François Dupont, commandant de sous-marins nucléaires, notamment du *Triomphant*, et l'astronaute Jean-Pierre Haigneré, qui a passé six mois dans l'ISS en 1999. Le premier a donc sillonné les grandes profondeurs des océans, c'est-à-dire des altitudes très négatives par rapport au niveau de la mer, tandis que le second a au contraire fréquenté l'espace à des altitudes très positives. Leur discussion fut si fascinante que nous avons rediffusé l'émission pendant le confinement afin qu'elle pose une autre lumière sur ce que nous étions en train d'éprouver collectivement.

Racontant deux expériences pourtant très différentes du confinement le plus implacable, les deux hommes s'étaient découvert de nombreux points communs, notamment une même terreur de l'incendie ou de la fuite.

Une chose m'avait frappé : l'amiral François Dupont a raconté qu'il n'avait jamais eu à souffrir du moindre « problème relationnel » au sein de ses équipages. Il expliquait cela par le fait que pendant les phases de plongée, qui durent soixante-dix jours en continu, chacun est rendu indispensable aux autres. Les conflits qui d'ordinaire peuvent ravager la vie collective se trouvent en quelque sorte tués dans l'œuf par le simple fait de participer à une « cause commune », qui joue en l'occurrence le rôle de diplomate implicite.

Bref, ce fut un tête-à-tête puissant et stimulant, montrant deux visages possibles des grands départs vers des ailleurs fort inhospitaliers : ces vibrants voyages se font souvent au prix d'un paradoxal et gigantesque renoncement à la liberté !

T.P. : C'est tout à fait cela, une prison et un affranchissement. Mystérieux contraste de tournoyer sans poids autour de la Terre, et de se savoir pourtant captif… C'est un vertige que doivent sans doute connaître aussi les navigateurs solitaires comme François Gabart, lors de leurs traversées océaniques. Au milieu d'un espace presque infini, sans route ni itinéraire pour les contraindre, avec une liberté totale, une angoisse doit saisir l'explorateur : celle de son impuissance, tout aussi infinie.

Il est cantonné aux 20 mètres carrés de son bateau ; au-delà, c'est la mort immédiate. Il est en liberté totale, mais enfermé !

Peut-être d'ailleurs que le moment où je me suis senti le plus près de la mort, c'était à bord d'un bateau de course à la voile, et non dans un vaisseau spatial… Nous ramenions, à quatre, une Formule 1 des mers qui venait de terminer une transat, depuis Salvador de Bahia jusqu'à Lorient. Seize jours de navigation tout de même, à recenser les points communs entre course en solitaire autour du monde et voyage spatial autour de la Terre. Et en glissant à 20 nœuds, dans le noir épais d'une nuit de novembre, sur les eaux de l'Atlantique, la mort humide et glaciale m'est apparue à perte de vue : en cas de chute aussi loin des côtes, il n'y avait aucune possibilité de secours, juste le silence et le froid alors que le bateau continuerait sur sa trajectoire… On pouvait, dans une ambiance pourtant sereine, frôler la mort du bout des doigts.

Sans doute est-ce aussi un sentiment familier à l'alpiniste : le faux pas se paye au prix fort… En fait, c'est comme si, en matière de situations extrêmes, les forces étaient toujours proportionnelles et le contraste saisissant : liberté de manœuvre infinie du bateau sur la mer, mais cantonnement absolu dans les quelques mètres carrés d'espace de vie pour son équipage… Plus grande est la liberté, plus petit est l'espace pour l'éprouver.

Au début de ma carrière à l'ESA (Agence spatiale européenne), nous avons organisé une session de travail avec la Marine nationale et l'Institut polaire ; nous savions qu'à bien des égards nous étions confrontés aux mêmes problèmes, y compris psychologiques. Les hivernants de l'Institut polaire restent, neuf mois durant, dans une base en Antarctique, parfaitement inaccessible, dans la nuit permanente et confrontés à une météo épouvantable. Ils ont certes un médecin et un cuisinier, mais c'est une maigre consolation : ils éprouvent la terrible solitude de l'isolement, dans l'angoisse collective d'être sans recours. Même chose pour les équipages de sous-marins : une fois qu'ils sont en mission de guerre ou de dissuasion, ils ne remontent plus à la surface pendant de longues semaines.

Nous tous, nous fonctionnons selon une sorte de principe ou de pacte moral : nul prétexte ne peut nous faire rentrer ou rebrousser chemin. Aux mêmes problèmes nous nous sommes rendu compte que nous trouvions les mêmes solutions, astronautes, marins et chercheurs polaires. Nous sommes tous des habitants de mondes étanches, coupés du danger par des parois de métal… La station spatiale n'est jamais qu'un sous-marin à l'envers : la pression est à l'intérieur, et non à l'extérieur, mais nous craignons de la même manière les fuites, l'excès de CO_2 qui nous empoisonnerait, et nous devons naviguer, assurer des conditions vivables pour l'équipage, malgré les conditions les plus extrêmes au-dehors. Technologiquement, les similitudes sont frappantes et je me demande bien pourquoi on n'a jamais vu de sous-mariniers devenir astronautes ! Mais c'est surtout dans les têtes que les missions sont les plus similaires.

Tous, en effet, nous faisons équipage : tant que nous sommes tous occupés, les choses tiennent bon ; un emploi du temps de douze heures de travail est le bienvenu dans ces conditions particulières d'éloignement et de promiscuité. C'est seulement quand viennent se glisser l'oisiveté et l'ennui que tout peut dégénérer. Pour le dire de manière directe, ça commence à déconner quand l'équipage a trop de temps vacant.

Je l'ai senti un jour, à la suite de l'explosion au lancement d'un vaisseau de ravitaillement russe, un mois après notre propre décollage. Nos camarades russes, privés d'expériences scientifiques, de matériel et de toute leur logistique, sont devenus pour un temps assez désœuvrés : faute d'activités planifiées depuis Moscou, ils erraient dans la station, ils faisaient des siestes (je me rappelle voir à 15 heures Sergueï, avec la marque de l'oreiller sur le visage, éluder la question de ce qui l'avait occupé jusque-là), ils téléphonaient ou regardaient des films en pleine journée…

Nous, Européens et Américains, vaquions à nos propres tâches (l'organisation du travail dans l'ISS est très distincte, j'en reparlerai peut-être) ; alors, quand venait le soir, les collègues russes se montraient avides de discussions : ils parlaient de leurs enfants, de la nature, de la datcha… On sentait leur esprit vagabonder auprès de leurs proches, on voyait que le confinement leur pesait beaucoup plus qu'à nous, les affairés… Ils moulinaient et ruminaient ; en un mot, ils s'emmerdaient sec. Ce n'est jamais bon signe, dans ces circonstances : ce peut être un sentiment très puissant et corrosif. La Terre leur manquait soudain beaucoup plus.

L'aspect psychologique pourrait être un élément capital dans les futurs projets de voyage de la Terre jusqu'à Mars. En matière de confinement, j'ai l'habitude de dire que c'est à peu près trois cents jours dans le volume d'une Fiat 500 rien qu'à l'aller ! Et concevez bien qu'il n'y aurait, durant ce voyage, absolument rien à faire : pas d'équipements de recherche de pointe comme dans l'ISS. Peut-être juste quelques écrans pour regarder des séries… et encore. À part cela, rien. Une interminable attente. Et un insondable vertige, car allez imaginer la panique lorsque non seulement la Terre est entièrement perdue de vue, mais que la destination n'est même pas encore à portée du regard ! Les étoiles, trop lointaines, donneront une violente impression d'immobilité… pendant deux cents jours. On ignore tout de cette perte fondamentale des repères… C'est un enjeu colossal. La mesure humaine, plus que la technologie, est peut-être ce par quoi tout commence et s'arrête tôt ou tard.

E.K. : À mes yeux, on frôle là la parfaite définition de l'enfer existentiel. Et puis il y a l'ennui, oui, cet ennui « à perte de vie », si j'ose dire, qui doit être source de bien des tourments à l'intérieur des crânes.

Pourtant, je crois savoir qu'il y a pléthore de candidats pour aller sur Mars, ce qui ne laisse pas de m'étonner.

T.P. : L'enfer, ce serait l'ennui ? Pour ma part, c'est oui… quoique je connaisse quand même beaucoup de gens très occupés et très tourmentés ! Pour ce qui est du voyage vers Mars, il me semble, si je suis honnête, que malgré mon goût pour l'aventure, j'y réfléchirais à deux fois… Les difficultés seront telles, les risques si inimaginables… Ce serait comme devoir rallier le pôle Sud, s'il se trouvait au fond de la fosse des Mariannes, en transportant une énorme quantité d'explosifs, et sans possibilité aucune d'avitailler la moindre ressource (air, eau, nourriture) que celles avec lesquelles nous serions partis, le tout sans (vraiment) parler à quiconque pendant trois ans et, en passant, sans aucune possibilité d'aide ni de secours en cas de problème, qu'il soit médical ou technique. De quoi vraiment devenir fou, même si, scénario pas si probable, rien de grave ne devait se passer. Je pense qu'il faudra très bien se préparer, et surtout psychologiquement, à cette aventure inhumaine… car Houston risque d'avoir de gros problèmes. Les gens qui se déclarent candidats, et Dieu sait qu'on en trouve pléthore sur Internet, n'imaginent pas une seule seconde à quel point la mission sera effroyable de vide et de rien. Parce que, justement, l'esprit humain n'est pas fait pour l'imaginer, et encore moins pour y faire face. Le voyage vers Mars, sauf si les progrès technologiques nous permettent de voler beaucoup plus vite, sera donc l'ennui ultime couplé au risque ultime… En tant qu'être raisonnable, je réserve ma décision pour l'instant… En revanche, je me porte sans hésiter candidat pour la Lune !

Mais je voulais aussi ajouter une remarque sur ces questions des limites humaines, qui sont donc pour l'essentiel des limites du corps ou de la psyché. Il m'a été donné plusieurs fois de faire quelques incartades dans les autres domaines de la recherche (marine, spéléologie, zones polaires). Dans les sous-marins comme à Concordia (la base polaire au milieu de l'Antarctique), les équipages ont un cuisinier. Vous ne pouvez pas imaginer le luxe que cela peut représenter : avoir du pain frais, des plats fumants, épicés, variés… C'est un confort inouï dont il ne faut pas négliger les bienfaits psychologiques (et physiques).

Dans l'espace, sauf exception des jours de fête (et encore), on ingurgite vraiment des horreurs. Des boîtes, des conserves qu'on gobe tièdes, haricots plastifiés, boissons insipides, puis on retourne au travail… Comme il n'y a aucun plaisir à se nourrir, il n'y a pas de repas à proprement parler, et donc pas de rituel… Pas de retrouvailles ni de conversations : on se contente de se nourrir physiologiquement. Au contraire, à Concordia, les repas offrent d'authentiques moments de partage et de réjouissances collectives.

Et j'évoque là simplement le cas gastronomique, mais il y a cent points de cet ordre du rituel, des habitudes, du plaisir, qui constituent des enjeux de taille dans l'angle mort des grands périples. Cela pouvait être pour nous la soirée du vendredi côté russe, incontournable chaque semaine, et qui permettait, alors même que nous nous croisions cent fois par jour dans nos modules exigus, de prendre le temps de vraiment saluer la présence de chacun, de nous parler, et même parfois de nous ennuyer gentiment en équipe. C'était aussi le coup de fil quotidien à ma compagne, court, rythmé le plus souvent par l'absence de grande nouvelle à partager, mais tellement structurant pendant quatre cents jours de voyage.

U.M. : Que va-t-on chercher dans le ciel ? Et d'ailleurs, parlez-vous l'un et l'autre du même ciel ? Est-ce qu'un astronaute vise la même réalité qu'un cosmologue, sachant qu'un astronaute reste dans une orbite basse, proche de la Terre, tandis que l'astrophysicien aspire à l'« échelle intergalactique » ?

T.P. : Non, nous ne parlons clairement pas du même ciel. Nous, les astronautes, on ne se projette ni dans les galaxies ni dans les nébuleuses : on reste dans le voisinage de la Terre, en orbite à 400 kilomètres d'altitude.

Il faut avoir les échelles à l'esprit : 5 kilomètres d'altitude pour une montagne ; 10 kilomètres pour un avion ; 400 kilomètres pour l'ISS ; 384 000 kilomètres pour la Lune ; entre 40 et 400 millions de kilomètres pour Mars en fonction de sa position sur son orbite par rapport à la Terre… Quant à l'étoile la plus proche, elle se situe, je le disais, à quatre années-lumière – et une année-lumière compte 9 460 milliards de kilomètres !

On peut alors échafauder les calculs les plus délirants. Par exemple : si nous allions vers Proxima du Centaure à 1 000 kilomètres par heure (à peu près la vitesse d'un avion), on mettrait…

4,57 millions d'années à l'atteindre, ce qui est à peu près quinze fois le temps écoulé depuis l'apparition d'*Homo sapiens*… Même à la vitesse délirante de 61 000 kilomètres par heure[1], celle de *Voyager 1*, l'objet le plus rapide de l'histoire de l'humanité, il faudrait tout de même plus de soixante-dix mille ans !

Alors, à partir de là, vous imaginez bien qu'on peut se griser de toutes les spéculations et se perdre dans les échelles. D'autant qu'en regardant dans l'espace on regarde dans le temps : la lumière, à 300 000 kilomètres par seconde, met du temps à arriver à nos yeux, et quand on regarde à quatre années-lumière, on regarde quatre ans dans le passé. Aucun moyen d'observer le présent quand on regarde loin dans l'espace !

Notre mission n'est évidemment pas là : elle se fixe à échelle humaine, dans un ordre encore commensurable. On étudie la Terre avant tout d'un point de vue que l'on peut atteindre humainement et technologiquement : l'orbite basse. En fait, c'est tout bête : ce qu'on va chercher dans l'espace, c'est d'abord le recul.

Un tiers du budget des agences spatiales est à ce titre dédié à l'observation de la Terre sous toutes ses coutures. Ce qui consiste à : imager en

1. Au risque de l'overdose d'arithmétique, mais pour mieux se le représenter, c'est 17 kilomètres par seconde !

infrarouge, mesurer les gaz à effet de serre ou la hauteur des vagues, les températures, l'humidité, récolter les données du réchauffement climatique. Sans espace, impossible de détecter ces dérèglements.

On pourra d'ailleurs reparler des enjeux écologiques, mais beaucoup de militants viennent aujourd'hui nous reprocher nos bilans carbone en oubliant que si nous n'avions pas un programme spatial certes coûteux (en énergie comme en budget), nous ne saurions même pas qu'il y a un problème avec le carbone et le réchauffement climatique ! Ce sont les satellites qui mesurent de manière constante et scientifique ces lourdes révolutions.

On en vient donc à la question des chiffres.

L'Europe dans son ensemble (l'ESA) dispose de 600 millions d'euros par an pour l'exploration spatiale. C'est beaucoup à première vue. Mais je rappellerai que le seul budget du Paris Saint-Germain (PSG) est de 860 millions d'euros. Un club de foot riche (et même pas le plus riche) dispose de plus de moyens pour faire courir des joueurs sur le terrain que tous les pays d'Europe réunis pour soutenir l'exploration spatiale (financer l'ISS, envoyer des rovers sur la Lune ou sur Mars, des sondes spatiales, etc.). Avec quelques amis, je collectionne les titres de la presse économique qui annoncent des dépenses colossales : « 700 millions pour rénover le RER D à Villeneuve-

Saint-Georges », « 100 millions d'euros pour dépolluer les calanques de Cassis », « 94 millions sur la table pour reconstruire l'incinérateur d'Argenteuil »... Tous ces projets sont évidemment louables et nécessaires, mais on constate qu'un département ou une collectivité territoriale sont capables de mobiliser des sommes qu'à l'échelle de l'Europe on peine souvent à débloquer... Une mission vers l'ISS, elle, coûte aujourd'hui entre 20 et 150 millions d'euros, essentiellement en fonction de sa durée.

On nous reproche d'être trop chers sans regarder les chiffres, alors même que nous sommes sortis depuis belle lurette du temps des folles dépenses de la mission Apollo (qui engouffrait 4 % du budget fédéral américain, environ 120 milliards pour six alunissages). Aujourd'hui, la NASA représente 0,4 % du budget des États-Unis, et on n'envoie plus des atterrisseurs sur la Lune, mais des capsules vers l'ISS. Je pourrais continuer longtemps à citer les budgets des forces armées (62 milliards, pour un seul pays comme l'Allemagne), de la PAC (55 milliards), de la Française des jeux ou de l'industrie du tabac (à peu près 15 milliards chacun), du plan de relance France 2030 (54 milliards pour un seul pays), mais ce n'est pas l'objet du livre. Cela m'étonne simplement de voir comme les références sont difficiles à mettre à jour. La comparaison est sans appel avec presque tous les domaines, à l'échelle d'un continent comme le nôtre : l'exploration spatiale telle qu'on la pratique aujourd'hui est relativement bon marché (0,6 milliard pour toute l'Europe), mais l'image des années 1960 persiste inexorablement.

E.K. : On a tout à fait le droit de critiquer les dépenses mirobolantes consacrées à la rénovation du RER D, mais j'interdis absolument qu'on s'attaque à celles dévolues au RER B ! Je le prends très régulièrement et je peux vous assurer qu'il a besoin d'un coup de neuf. Je compte d'ailleurs sur la publication de ce livre pour faire connaître ces légitimes doléances !

J'en reviens à la première question : parlons-nous du même ciel ? La réponse diplomatique est « pas tout à fait ». La réponse vraie est « non ».

Car les astrophysiciens regardent quant à eux un ciel très vaste, jusqu'à des zones situées à plusieurs milliards d'années-lumière de la place Denfert-Rochereau. Pour ce faire, ils disposent aujourd'hui de télescopes dits « spatiaux », tels *Euclid* ou le *James Webb Telescope*, tous deux installés à 1 500 000 kilomètres de la Terre, en un endroit qu'on appelle un « point de Lagrange ». Ces instruments permettent d'observer des galaxies lointaines – donc vues à des phases de leur histoire où elles étaient encore très jeunes –, ou bien de produire des cartes en trois dimensions de la distribution spatiale des galaxies au sein de l'Univers, et ainsi de déterminer, entre autres choses, comment a pu varier au cours du temps « l'énergie noire », cette entité physique énigmatique qui accélère l'expansion de l'Univers. Bref, explorer l'espace comme le fait Thomas n'est pas la même chose que l'astrophysique ou la cosmologie.

Toutefois, je me dois ici d'être beaucoup plus nuancé : sur l'ISS, on mène aussi des expériences de physique fondamentale. Ainsi, l'horloge atomique PHARAO, ultraprécise et ultrastable, a été installée à son bord. On s'attend à ce qu'elle batte à un rythme légèrement différent de celui d'une horloge restée au sol ; l'enjeu est de vérifier si ce décalage correspond exactement aux prévisions de la relativité générale. Deux effets relativistes s'y affrontent : à 400 kilomètres d'altitude, le champ gravitationnel étant plus faible, le temps « s'écoule » plus vite ; mais la vitesse de l'ISS devrait ralentir son horloge. L'un désynchronise dans un sens, l'autre dans l'autre. Si Einstein a raison, on mesurera un écart de quatre microsecondes par orbite – une précision de dentellière.

Mais il n'y a pas que l'astrophysique dans la vie : il y a aussi la physique des particules, qui, elle, ausculte un autre ciel, un ciel inaccessible aux télescopes des astrophysiciens : celui de l'Univers primordial, dont ils recréent fugitivement les conditions extrêmes, c'est-à-dire une très haute température associée à une très grande densité d'énergie. Les « conquérants du minuscule », pour parler comme Bachelard, provoquent dans leurs accélérateurs de particules des collisions d'une violence inouïe, de sorte que dans un infime volume d'espace-temps, les particules nées de l'énergie du choc rejouent, le temps d'un éclair, les emportements cinématiques torrides de leur prime jeunesse cosmique. Le LHC, anneau de 27 kilomètres de circonférence au CERN, est actuellement la plus puissante de ces machines.

Pourquoi raconter tout cela ?

En écoutant Thomas, je me suis dit qu'il serait intéressant de faire un parallèle entre l'histoire de la conquête spatiale et celle de la physique des particules : chaque nouvelle mission spatiale s'engage toujours plus loin que la précédente, de la même façon que chaque accélérateur vient pousser l'énergie un cran plus haut. D'un côté, on est passé de *Spoutnik* à l'ISS, puis, demain, à la *Lunar Gateway*. De l'autre, de l'antique cyclotron de Lawrence au LHC, puis, peut-être dans les années qui viennent, à un autre futur anneau encore plus grand, qui a déjà un nom : le *Future Circular Collider* (FCC). En ces deux domaines, une même logique d'horizon à déplacer, une même nécessité de « grossir » les infrastructures pour venir sonder l'inconnu. Qu'on en juge : le FFC, s'il voit le jour, sera construit au sein d'un tunnel de 92 kilomètres de circonférence, qui passera en partie sous le lac Léman et viendra tangenter la chaîne des Aravis. Tout le contraire d'une maquette.

Mais j'observe que ces projets, qui sont très lourds et visent le long terme, font désormais l'objet de discussions qui peuvent être âpres. Les scientifiques se trouvent confrontés à une sorte de scepticisme de la part du public, plus méfiant à l'égard de la science, plus inquiet aussi, peut-être. Il faudra faire un jour l'archéologie de cette nouvelle défiance. Comme tout le monde, je constate qu'on soupçonne la recherche, y compris la plus fondamentale, de compromissions diverses, comme si se dissimulaient toujours sous ses projets un loup politique ou des intérêts privés. Certains lui reprochent de surcroît son inutilité immédiate, tandis que d'autres s'alarment à l'avance de ses applications éventuelles !

De la même façon que notre époque ne croit plus guère à « l'art pour l'art », il est probable qu'elle ne croit plus non plus à « la science pour la science » ou au « savoir pour le savoir ».

Les réseaux sociaux en témoignent à leur manière : la recherche fondamentale s'y trouve souvent tournée en dérision. S'agissant de la conquête spatiale, sur Twitter (désormais X), on n'est pas loin d'imaginer qu'on finance « La croisière s'amuse dans l'espace ». Comme si on était devenus sourds aux appels de l'aventure scientifique. Une plaisanterie revient d'ailleurs souvent : « Encore un ticket pour le *Space Fun Club* pendant que l'hôpital manque de lits. » Il y a là une métaphore flottante – la station spatiale serait l'équivalent orbital d'un paquebot de luxe – qu'il nous appartient de dégonfler, en rappelant, par exemple, que chaque journée d'expérience en microgravité donne des résultats qui impactent la médecine, la science des matériaux, l'agriculture, la gestion des eaux, bref, tout ce qui, sur Terre, finit par concerner chacun d'entre nous.

Quant à la physique des particules, elle n'est pas facile à vulgariser correctement. On a sacrément du mal à la transmuter en une culture commune, en un savoir capable de vraiment infuser dans la société. Qui donc saurait dire, même de façon vague, ce qu'est le boson de Higgs, cette particule fascinante qu'on a fini par détecter en 2012 ? Pourtant, c'est bien la population qui alimente ces recherches par ses impôts. Peut-être convient-il de renforcer l'idée que l'une des missions du chercheur, voire son éthique suprême, consiste à parler le plus largement possible de ce qu'il sait et des questions qu'il se pose ?

À mon petit niveau, j'observe, notamment dans la population étudiante que je fréquente, qu'on s'intéresse désormais bien plus à ce qui se passe dans notre environnement – la Terre et son atmosphère, avec leurs problèmes respectifs – qu'à l'espace lui-même – le lointain, la cosmologie, le big bang, la physique des particules : le très au-delà de nous-mêmes me semble être devenu moins libidinal, donc moins mobilisateur.

Pour le dire en une phrase : nous sommes tellement préoccupés par le monde, notre petit monde terrestre d'ici-bas, que nous nous détournons de l'Univers. Il y a eu comme un processus de « rabattement », de raccourcissement projectif.

T.P. : Nous avons la même approche des choses. J'ajouterai que par le passé, la passion du progrès scientifique et technologique semblait en partie née de l'après-guerre, s'offrant alors comme une promesse rédemptrice, avec son lot d'améliorations des conditions de vie et, nous le disions au début de notre conversation, son fabuleux romantisme d'épopée collective : dynamisme, croissance, solidarité, innovations diverses... La technique et la science, main dans la main, allaient concrètement rebooster la modernité après les désastres de la guerre.

Mais cet optimisme s'est rapidement essoufflé, en à peine deux générations. Souvenons-nous de la directive Bolkestein, destinée à favoriser la libre circulation des services dans l'espace européen, et mise au référendum de 2005 (le débat avait fait rage sur la figure du plombier polonais bon marché, et plus généralement sur le dumping social) : tous les plus de soixante ans, qui avaient une mémoire de la guerre et voyaient l'Europe comme un bien inaliénable, y étaient favorables, à l'inverse des jeunes nés avec les avantages de l'Europe, qui s'y montraient farouchement opposés (du moins en majorité dans les urnes ce jour-là).

Les générations n'ont plus les mêmes boussoles : elles ne placent plus les intérêts de l'avenir dans les mêmes temporalités ni dans les mêmes secteurs. L'urgence s'est déplacée. Étienne date ce glissement des années 1990 ; pour ma part, je dirais qu'il a débuté un peu plus tôt, peut-être avec la fin des Trente Glorieuses, les chocs pétroliers et la brusque prise de conscience que l'humanité ne disposait d'aucun infini – nul avenir infini, nulle ressource infinie, nul progrès infini – et que nous serions même très vite confrontés à l'épuisement du monde (et de la Terre). Ce fut alors, pourrait-on dire, le désenchantement du rétrécissement. L'équivalent de ce qu'Étienne a appelé « le rabattement sur le monde ». C'est peut-être même, de manière contre-intuitive, un immense progrès, comme la reproduction choisie, qui a fait naître des générations d'enfants ayant conscience de leur individualité plutôt que d'indistinctes fratries où l'intérêt commun ne peut que primer. Les adultes, plus tard, portent en eux cette individualité, cette envie que le monde soit à leur mesure comme il l'a été dans l'enfance, et croient sans doute moins, sans même savoir pourquoi, au dépassement de l'échelle individuelle qu'on trouve dans toutes les grandes épopées, y compris scientifiques.

Voilà qui nous a certainement propulsés hors du ciel, oui, c'est-à-dire hors de la passion pour le ciel si vivace, si mobilisatrice durant les Trente Glorieuses et la guerre froide.

Très souvent, des étudiants viennent me voir et se confient : « J'aimerais travailler dans la recherche spatiale », « je rêve de devenir pilote », et tous concluent amèrement, dans un même réflexe générationnel quasi pavlovien : « Mais ça pollue trop... » Et beaucoup d'entre eux renoncent. C'est vraiment regrettable, car l'écologie et les combats du temps, certes primordiaux, ne doivent pas stériliser ni détruire dans l'œuf les ambitions des jeunes, qui sont justement à même de réformer les domaines qui en ont besoin. C'est pour cela que je ne cesse de leur répéter : oui, il faut faire de la protection de la planète l'investissement principal (comme l'ESA qui y consacre le tiers de son budget, contre 8 % à l'exploration), mais il ne faut pas hypothéquer l'avenir : on doit préserver une recherche fondamentale, même quand elle est a priori décorrélée des sujets climatiques : astrophysique, planétologie, exploration nous seront utiles demain, nous servent à rendre le futur possible. Il ne faut pas se limiter aux problèmes du présent : nous risquerions trop de le regretter quand le présent sera devenu le passé.

Lors d'un colloque, un étudiant a demandé au micro : « Si on arrêtait tout de suite la recherche spatiale, est-ce qu'en 2100 on aurait vraiment perdu quelque chose ? » Outre l'étrange anti-prophétie (comme si toute projection dans l'avenir relevait de la science-fiction et que seule valait la fixation sur le présent), une telle question est quand même révélatrice : personne, bien sûr, n'est capable de dire des décennies à l'avance ce que trouvera cette recherche ; mais on peut tout de même affirmer avec certitude qu'on perdrait beaucoup en y renonçant. Il suffit de se retourner et de considérer l'histoire des sciences et la courbe grimpante du progrès sociétal qui en a résulté (espérance de vie, éducation, etc.).

Ces rappels sembleront à certains des évidences, voire des banalités. Pourtant, croyez bien qu'en temps de scepticisme généralisé il est toujours bon de marteler quelques grands principes élémentaires. Ce sont eux, les premiers, qui sont en péril.

Je voudrais ajouter une chose : si l'on projette tant d'aller sur Mars, c'est aussi parce que nous sommes mus par deux questions fondamentales : d'où vient-on ? Où va-t-on ?

Sur les origines de la vie, il nous manque encore beaucoup de pièces du puzzle. Les roches lunaires pourraient continuer à nous révéler des données et des phénomènes encore parfaitement inconnus.

En effet, disons-le bêtement : la Lune est formée en grande majorité de matériaux terrestres, éjectés par un impact au tout début de l'histoire de notre planète, née il y a 4,5 milliards d'années. Sur Terre, l'immense majorité des roches a moins de 3 milliards d'années, à cause de l'érosion, de la tectonique des plaques. À part quelques très rares roches anciennes, il nous manque donc quasiment tout le début de l'histoire, et notamment le moment de l'apparition de la vie, il y a environ 4 milliards d'années. Ces pierres lunaires sont donc des portes vers nos origines.

Les origines de la vie sur Terre se trouveront ainsi *hors* de la Terre ; c'est comique et c'est logique, car toutes ces molécules d'eau, notamment, n'ont pas pu se créer à partir de rien et sont donc forcément venues d'ailleurs : le jeu de pistes se poursuit alors sur la Lune.

Quant à Mars, c'est une image possible (et glaçante) de notre futur : une planète similaire à la Terre presque en tous points, qui a peut-être abrité la vie, mais qui a perdu son eau liquide et son atmosphère… alors que nous nous posons tant de questions sur la manière d'éviter la catastrophe climatique, autant dire que le parallèle est source d'enseignements.

E.K. : Il me semble que dans l'esprit du public, vous autres les astronautes êtes assimilés à des explorateurs plutôt qu'à des gens qui mènent des expériences scientifiques dans toutes sortes de domaines. L'ISS a beau être un authentique laboratoire, elle n'est pas vraiment perçue comme telle. À ce propos, je crois que les quelques richissimes individus qui sont envoyés dans l'espace par SpaceX brouillent catastrophiquement votre image : ils associent symboliquement la conquête spatiale au tourisme, voire au caprice le plus désinvolte… Je crois d'ailleurs qu'on peut tout à fait établir une analogie entre le tourisme spatial et une certaine forme de tourisme himalayen. Moyennant beaucoup d'argent, vous pouvez être carrément hissé par une armée de sherpas au sommet de l'Everest, alors même que vous seriez incapable de gravir la voie Walker des Grandes Jorasses qui, si j'ose dire, « culminent » à 4 600 mètres plus bas que le toit du monde.

Les scientifiques qui restent les pieds sur Terre, je veux dire à même le sol, ont quant à eux une image inverse : on les voit exclusivement comme des êtres de laboratoire, oubliant ainsi la dimension proprement exploratoire, voire aventurière, de leurs travaux. Certaines de leurs quêtes ont pourtant des allures d'épopées, de longs voyages statiques et patients autour d'un problème qui les turlupine.

U.M. : Est-ce que, le soir, vous regardez encore le ciel ?

E.K. : J'habite à Paris, où la pollution lumineuse, cette lumière artificielle visible en extérieur, nous prive la nuit du spectacle de la voie Lactée, à l'instar d'un nombre croissant d'êtres humains. Je me venge lorsque je me trouve en haute montagne. Avant d'aller dormir (car il le faut bien), je peux passer de longs moments à contempler le ciel étoilé, qui gagne en majesté lorsqu'il se trouve combiné à la blancheur des sommets. J'ai d'ailleurs pu voir l'ISS passer à plusieurs reprises, chaque fois avec émotion, mais sans savoir que je rencontrerai un jour l'un de ses occupants prestigieux…

À vrai dire, je ne me contente pas de regarder le ciel. Je tente aussi d'imaginer tout ce qui s'y produit et que notre regard ne peut pas voir : les violences inouïes qu'il abrite secrètement, telles les fusions de trous noirs, les tempêtes éclatantes qu'il accueille sans faire de bruit, telles les explosions d'étoiles, la dilatation de son espace qui dure depuis des milliards d'années…

Car, contrairement aux apparences, le ciel lointain n'est pas calme du tout : il est plutôt comme une grande mer agitée, turbulente, striée par toutes sortes de dynamiques et de rythmes, rapides ou lents. Ça y barde sérieux en beaucoup d'endroits.

T.P. : Contempler le ciel, cela m'arrive encore, oui, mais j'y cherche étrangement la station spatiale ! J'aime, bien sûr, regarder aussi les étoiles (quoiqu'on les voie si peu désormais, c'est vrai), mais rarement sur le mode du romantisme. Je me souviens d'une anecdote : trois semaines après mon retour sur Terre, un ami se mariait. Avec quelques copains, nous avons célébré son enterrement de vie de garçon à Berlin ; nous avons atterri sur le rooftop d'une boîte de nuit. Tandis qu'on trinquait joyeusement, l'un d'eux a partagé la notification de son smartphone : « Tenez, il y a un passage de l'ISS ! »

Dans le ciel fusait un point rapide et lumineux. Plus gros qu'un satellite, plus lointain qu'un avion, plus mobile qu'une étoile. C'était elle, l'ISS : c'était la première fois depuis mon retour que je la contemplais depuis la Terre. Une petite foule s'est formée alors sur cette terrasse et, le nez levé, oubliant soudain la vodka, le boum-boum et les plaisirs de la fête, nous avons tous ensemble contemplé le voyage de la station.

Les hommes et les femmes, là-haut, étaient les compagnons qui, trois semaines plus tôt, avaient refermé la porte sur notre départ en nous saluant comme des frères pour notre retour sur Terre. J'avais passé six mois à vivre à leurs côtés.

Dans ce petit point surhumain perdu dans l'immensité, j'ai alors reconnu, depuis ce rooftop berlinois entouré de mes amis, un autre chez-moi.

Chapitre II

L'INSOUTENABLE GRAVITÉ DE L'ÊTRE

U.M. : Le fait d'avoir constamment « le nez dans l'espace » fait-il de vous des esprits détachés, peut-être plus indifférents au destin des hommes ? Avez-vous une conscience plus aiguë de l'insignifiance humaine ? Sentez-vous une tentation cynique ?

E.K. : Je vous répondrai en citant Blaise Pascal, qui sera ici mon maître. Il écrit dans les *Pensées* :

> *Que l'homme étant revenu à soi considère ce qu'il est au prix de ce qui est, qu'il se regarde comme égaré dans ce canton détourné de la nature, et que, de ce petit cachot où il se trouve logé, j'entends l'univers, il apprenne à estimer la terre, les royaumes, les villes, et soi-même à son juste prix.*

En effet, nous autres les humains, nous « tenons le milieu ». Non pas au sens mafieux du terme, mais au sens où nous occupons une place qui est une sorte d'entre-deux, située quelque part entre l'infiniment petit et l'infiniment grand, avec la capacité d'entrevoir l'un et l'autre. Pas de quoi être fiers, mais pas de quoi non plus rester humbles.

Par ailleurs, je sais bien qu'il existe d'innombrables exoplanètes, donc que nous ne sommes peut-être pas seuls dans le cosmos, mais ce que semble montrer l'astrophysique contemporaine, au-delà du système solaire, c'est qu'elles sont extraordinairement diverses, qu'il y a en somme une variété exubérante d'exoplanètes : toutes sont singulières. On en trouve de toutes tailles, des gazeuses, d'autres solides, certaines sans doute recouvertes d'océans, entourées d'une atmosphère… Il existe même des exoplanètes dites « errantes », qui se baladent toutes seules, solitaires, sans être attachées gravitationnellement à une étoile. Mais nous savons aussi que la Terre, quant à elle, a connu une évolution ponctuée de séquences très particulières, qui sont advenues dans des contextes eux-mêmes peu banals : à chaque étape, la contingence semble avoir joué un rôle déterminant. De sorte qu'une exoplanète qui, vue de loin, ressemblerait à la Terre (même taille, même distance d'étoile, même champ gravitationnel, bref, une « exo-Terre »), se révélerait peut-être très différente d'elle si on pouvait la voir de près. En clair, nous ne savons pas s'il y a d'autres êtres vivants, conscients et pensants ailleurs que par ici. En attendant de le savoir – et nous ne le saurons peut-être jamais –, il me semble que nous devons tirer parti du mieux possible de qui nous sommes.

T.P. : Vous savez, en matière de ciel, on a très vite la folie des grandeurs ou la folie de l'insignifiance. Il me vient en tête le paradoxe de Fermi[1] : si une infinité de vies existe ailleurs dans l'Univers infini, cela signifierait qu'il existe des formes plus avancées et qu'elles auraient déjà dû se manifester à nous ; l'hypothèse des autres vies n'est jamais qu'une vue de l'esprit. Cela dit, elle a une vertu relativisante. J'aime assez le petit principe de médiocrité à tendance copernicienne, qui consiste à se dire : quelle est la raison de croire qu'on est spécial ?

Cette distance prise à l'égard de nous-même, qui peut être assommante ou stimulante selon la manière dont on l'aborde, c'est en tout cas l'effet de recul… qui permet d'avancer. La distance est une correction de la vue, souvent.

Il est certain qu'une fois dans l'espace la petitesse du monde, cette fourmilière, nous saute aux yeux. On n'en devient pas cynique pour autant : il peut naître de cette petitesse une espèce d'espoir.

---

1. Le paradoxe de Fermi, formulé dans les années 1950, interroge l'absence de contact avec des civilisations extraterrestres malgré la probabilité statistique élevée de leur existence dans un Univers aussi vaste.

On est tout de même parvenus, malgré cette insignifiance, malgré les guerres et toutes les afflictions dont souffre le genre humain, à coopérer pacifiquement pour construire l'ISS, l'objet le plus complexe dans l'environnement le plus extrême, pour des raisons pacifiques comme la recherche scientifique et l'exploration… ce qui nous a aidés à changer de référentiel et à déterminer notre échelle. On arrive ensuite, à force de recherche, à dépasser cette échelle dans l'infiniment grand et l'infiniment petit. Voilà qui force le respect. Même le lion le plus majestueux n'a pas, lui, la conscience de sa petitesse… c'est peut-être elle qui fait la grandeur de l'humain.

E.K. : On nous a dotés (ou peut-être, plus exactement, nous sommes-nous dotés nous-mêmes) d'une capacité de décentrement, et cela bien avant que nous puissions physiquement emporter nos corps très loin d'ici.

La découverte copernicienne de l'héliocentrisme en est l'illustration la plus éclatante, puisqu'elle fut de nature intellectuelle, cérébrale, ultra-philosophique, en un sens. C'est bien par l'esprit que l'espèce humaine s'est arrachée aux illusions mondaines. Car, pour envisager que notre planète puisse tourner autour du Soleil, il fallait d'abord s'émanciper de notre perception immédiate et faire l'effort de la regarder comme si on se trouvait très loin d'elle. Ce sont de telles associations fécondes entre l'imagination et la raison qui ont déclenché la physique moderne et l'ont ensuite nourrie.

T.P. : S'agissant de ces correspondances infiniment grand/infiniment petit (une thématique ô combien ancienne !), je pourrais ajouter une chose : on est toujours frappé par la similarité des échelles. Le dessin nacré d'une coquille d'escargot ou l'organisation rationnelle et harmonieuse d'un atome… et à l'inverse, les figures de constellations, l'intelligence quasi mathématique de la planétologie, l'électron qui tourne autour du noyau comme une planète autour de son étoile… Y aurait-il une conversation silencieuse entre les échelles de la nature ? C'est une hypothèse qui ne date pas d'hier ; en tout cas il y a une dimension à la fois magique et suprêmement logique qui ne laisse pas de fasciner et que doit tutoyer régulièrement Étienne ?

E.K. : Oui, chaque fois qu'on révèle des choses jusque-là cachées, qu'on les donne à voir, cela crée une fascination immédiate. Ne sommes-nous pas irrémédiablement attirés par les secrets, les mystères, les pièces interdites ? L'invisible a toujours quelque chose d'excitant : il provoque l'envie de trouver un moyen de lever le voile.

Cela dit, la promotion de la physique des particules, souvent appelée la physique de « l'infiniment petit », se trouve vite handicapée par son opacité, qui nous la fait paraître lointaine. Ni l'électron, ni le proton, ni le boson de Higgs ne se laissent prendre en photo… C'est le contraire pour les sciences de l'espace, qui, elles, se donnent à voir plus aisément : on peut les décliner en images spectaculaires, en clichés époustouflants, voire en films projetés dans les salles. Cela me vient en parlant, mais j'ai bien l'impression que l'infiniment grand nous est plus familier que l'infiniment petit.

T.P. : Il est vrai que l'exploration spatiale, au sens large, a su produire des images pour emporter le public, tandis que les mondes minuscules de l'atome n'ont pas vraiment de visage. Hollywood ne s'en est pas saisi !

Mais je voudrais revenir un instant sur la question initiale : est-ce qu'avoir le nez dans les étoiles fait qu'on se désintéresse du monde ? Je ne le pense pas. Je dirais même, pour compléter la réflexion de tout à l'heure sur le recul, qu'il fait naître en soi le souci du monde.

C'est ma réponse, mais aussi celle des agences spatiales : on va dans l'espace pour comprendre et prendre soin… de notre oasis. Vous n'imaginez pas la passion, même inconsciente, que nous vouons tous à notre Terre. Dans l'ISS, on cherche constamment des détails familiers, on passe notre planète au peigne fin avec l'enthousiasme des gosses. D'ailleurs, chacun a pu en faire l'expérience lors des vols en avion : on voit s'éloigner les voitures, les rues, puis les villes et les lumières, on survole les cols des montagnes, les côtes et les mers, dans une souplesse d'oiseau, et les vies tout entières nous semblent saisies en miniatures, terriblement touchantes et dérisoires. Mais surtout, repensez à l'allégresse d'enfant qui nous prend soudain, lorsqu'on reconnaît un bâtiment familier ou qu'on passe au-dessus des Alpes en distinguant des cols et des routes qu'on a empruntés ! Cette passion terrestre est un carburant pour l'astronaute : dans cette légèreté des hauteurs, oui, on se sent traversé par le souci du monde.

U.M. : Dans ce cas, une question se pose naturellement : si le « souci pour le monde » vient dans la légèreté de l'apesanteur, en retrouvant plus tard la pesanteur terrestre, ne retrouve-t-on pas aussi la « gravité humaine » ?

T.P. : La légèreté de là-haut est celle du déchargement : non seulement celle, concrète, d'être vidé de son poids (vie facile dans le flottement), mais aussi celle d'être sans le poids des impératifs de nos vies quotidiennes (seule importe la mission pendant six mois, les priorités sont limpides et sans appel), et enfin celle, plus métaphorique, d'atteindre une sorte de stade plus aérien dans les pensées. C'est en un sens inévitable puisqu'on fait le vide à l'intérieur de soi en flottant dans le vide extérieur.

Le retour sur Terre, en effet, est alors un retour au grave.

Mais pour être moins schématique, on peut nuancer le propos en disant qu'on revient à la fois allégé et alourdi sur la Terre. Allégé, je vous ai dit pourquoi ; alourdi, car on ne peut plus demeurer indifférent : quelque chose s'est gravé quelque part, entre votre pupille et votre cerveau. Ce fameux souci du monde.

Je prends un exemple concret : on n'oublie jamais le moment où on a été témoin d'un accident de voiture. L'impact de l'image, de l'accident, se grave en nous d'une façon indélébile. Toutes les images choquantes ont une force irréversible. De la même manière, voir la Terre de là-haut est une image marquante, accompagnée d'une sensation physique incomparable de fragilité, d'oasis. Alors, quand on revient sur Terre, on porte ça en soi, en plus, je dirais : comme une charge, comme l'héritage du voyage.

C'est pour cela que j'ai décidé, moi, de m'engager pour l'environnement. On ne m'a rien demandé, on n'est pas venu me chercher. J'y suis allé de mon propre chef, à la fois porté par ma sensibilité et par cette forme d'impératif catégorique qui m'a saisi dans l'espace.

E.K. : Poursuivons un instant la comparaison que nous avons commencé d'établir avec l'alpinisme : quand on gravit une montagne ou un col, il arrive qu'on puisse voir d'en haut le village d'où on est parti. On change alors de point de vue, et l'esprit s'ouvre à la mesure du spectacle nouvellement offert. L'ailleurs produit son petit effet, si bien qu'une fois redescendu on n'a plus le même regard – ni sur le haut ni sur le bas – qu'un individu qui serait resté en bas, statiquement attablé à la terrasse d'un café.

Cela peut aller très loin. Einstein lui-même a expliqué que la construction d'une nouvelle théorie en physique ressemble « à l'ascension d'une montagne qui permet d'atteindre des points de vue toujours nouveaux et toujours plus étendus entre le point de départ et les lieux qui l'environnent ». Par exemple, sa théorie de la gravitation n'a pas complètement détruit celle de Newton. Grâce à un changement de panorama, elle a simplement fait voir ses limites et permis d'identifier les circonstances où l'on peut s'en contenter.

Bref, en montant, on accède à de nouvelles perspectives, peut-être même à de nouvelles « vérités ».

Je ne suis donc pas étonné que, les mêmes causes produisant les mêmes effets, le regard sur notre Terre change radicalement, voire se retourne complètement, lorsqu'on l'observe de tout là-haut. Mais une photo ne suffit pas : il faut faire *physiquement* l'expérience de l'exotopie.

T.P. : En effet, la photo et le témoignage, si précis soient-ils, ne peuvent restituer la puissance de l'expérience. Je le disais au commencement de notre conversation : mettre les phénomènes à son échelle, c'est les mettre à portée de ses sens, j'allais dire de ses « sens d'animaux », c'est-à-dire presque instinctifs : c'est dans le bouleversement de l'expérience sensible que s'ancre le souci pour le monde. Il ne peut être strictement théorique. Il faut pouvoir toucher, voir, ressentir, et pas seulement penser, pour être ému, transporté et changé.

Mais ce n'est pas un coup de baguette magique ou une épiphanie, je ne voudrais pas donner l'impression qu'il y aurait là-haut des révélations mystiques et des miracles, comme à Lourdes… Tous les voyageurs de l'espace, tant s'en faut, ne se sont pas transformés en clones de Jean-Marc Jancovici !

Il me semble plutôt que l'expérience de l'exotopie, pour reprendre la langue d'Étienne, réveille en soi des aspirations endormies. Sans doute portais-je déjà en moi, avant le voyage spatial, cette fibre de l'engagement pour l'environnement ; mais elle s'est éveillée à cet instant, entre le départ et le retour, dans cet intervalle à la fois si vide et si dense, à la force de l'expérience quotidienne et répétée du spectacle de la Terre.

E.K. : Je conçois en effet que voir directement, de ses « yeux de chair », la Terre comme un objet, puisse produire un ébranlement et engendrer une nouvelle façon de réfléchir à notre condition d'humains-terriens. Et même de « réfléchir », au sens qu'on donne à ce mot en optique. Dès 1970, Günther Anders faisait en effet remarquer que « l'événement décisif des voyages spatiaux ne réside pas dans le fait d'atteindre des régions lointaines de l'espace, mais dans le fait que la Terre a pour la première fois la chance de se voir elle-même, de se rencontrer de la même façon que l'homme qui se voit dans un miroir[1] ».

Mais je dirais autre chose : tout homme et toute femme qui part dans l'espace est quand même un individu qui a subi un processus de sélection absolument drastique, que Thomas raconte en détail dans son livre *Ma vie sans gravité* : les critères sont effrayants… et passablement décourageants ! Le nombre de personnes capables d'y satisfaire est très faible, sans même compter qu'il faut aussi supporter continûment et longtemps *à l'avance* l'idée

1. G. Anders, *Der Blick vom Mond*, Munich, C. H. Beck, 1970, p. 12.

d'un tel voyage, et de surcroît la faire accepter par ses proches.

Nombre d'entre nous hésiteraient, paniqueraient, craqueraient en cours de route, abandonneraient. D'ailleurs, je ne crois pas qu'il existe quelque chose d'équivalent dans d'autres domaines, qui soit aussi exigeant, même pour les sous-marins nucléaires ou les explorations polaires… La question qui me vient et que j'adresse à Thomas est donc celle-ci : le fait d'avoir été sélectionné après avoir subi tant de tests de toutes sortes, puis d'avoir fait deux séjours de six mois dans l'espace crée-t-il, après coup, l'impression d'avoir été extrait de la condition humaine ? Ou, au contraire, l'atterrissage qui termine la mission, avec le retour brutal de la « corporéité du corps », rend-il davantage humain, et même « trop humain », comme dirait l'autre ? Je crois savoir que Buzz Aldrin a fait une grosse dépression : il a eu du mal à se remettre de la Lune ; il a eu, pourrait-on dire, le mal de Terre…

T.P. : Intuitivement, j'opterais plutôt pour le deuxième cas.

Bon, au sujet de la sélection, je tiens quand même à dire que nombre de facteurs ne dépendent pas des performances de l'astronaute mais relèvent aussi (comme pour les pilotes d'avion) de la chance ou du hasard : on ne décide pas d'avoir une bonne vue, par exemple. Ces destins tiennent à si peu de chose qu'on ne peut s'empêcher de penser : qu'est-ce que j'ai fait pour mériter d'être là ? Quelle part de chance, de grâce et de mérite ? (Dans ce genre d'état d'esprit, vous comprendrez bien qu'il est difficile de se sentir hors de la condition humaine !)

Cependant, il y a bien quelque chose d'inhumain dans l'expérience de l'astronaute plutôt en ce sens : on nous sélectionne un jour pour nous extraire de la Terre, nous isoler dans un lieu clos et technique et mettre nos vies en orbite le temps d'une longue mission (car il y a les six mois de vol, mais aussi les années de préparation au préalable)... puis, quand tout est fini, on nous remet brusquement sur Terre, parmi les vivants, autorisés de nouveau à reprendre le fil d'une existence qu'on avait suspendue... vie de famille, retrouvailles d'amis, interviews, voyages, emploi du temps, soucis administratifs, et tout ce qui constitue la trame évidente de nos vies humaines. Là oui, dans ce retour il y a quelque chose de brutalement humanisant (réhumanisant).

La seule question, presque philosophique, qui mérite peut-être d'être posée, c'est : qu'est-ce que je fais de cela, maintenant ? Quel usage vais-je trouver à cette sortie éphémère de la Terre, à cette brusque absence ? Quelle leçon tirer du retrait, de l'exil extraterrestre, une fois de retour ?

E.K. : Je pense en effet que vous êtes implicitement investis, mandatés comme par une sorte de délégation : à la fois en mission et missionnés par nous autres les humains. Vous allez vous montrer ailleurs, vous orbitez longuement autour de notre planète, vous revenez et vous devez ensuite témoigner, tout nous raconter.

Voilà qui ne vous place peut-être pas au-dessus de l'espèce humaine, mais qui à tout le moins fait de vous des ambassadeurs de l'humanité en même temps que des « messagers célestes », comme aurait dit Galilée.

T.P. : C'est possible, quoique j'ignore bien quel message, leçon, sagesse ou morale il faut, dans le fond, tirer de ce périple et transmettre. Ce que je peux dire, à ma seule échelle, c'est que depuis mon dernier retour de l'ISS, je sens à la fois plus de chaos dans ma vie (avec l'avalanche de sollicitations, de déplacements, d'interventions, etc.) et plus d'ordre ou de sérénité. Je serais bien en mal de l'expliquer, mais c'est un fait : là-haut, j'ai conclu la paix avec beaucoup de choses en moi, j'ai acquis, bizarrement, une gravité, un poids qui me stabilise ici-bas. Après cette expérience qui dépassait mes espoirs les plus déraisonnables, après la réalisation, somme toute inespérée, de mes rêves de gamin (qui a cette chance ?), plus besoin d'avoir raison dans toutes les conversations ou de me prouver des choses. Je peux faire la queue à La Poste (presque) sans m'énerver, je suis moins affecté par les agacements du quotidien, j'écoute beaucoup plus les gens, j'accepte mes limites plus facilement – elles ne m'ont pas empêché de vivre mon plus grand rêve, pourquoi les haïrais-je tant ? C'est aussi sans doute l'éloignement et la privation (de la nature, de ses proches, du monde !) qui permettent la réalisation plus nette des priorités : on ne prend conscience de l'importance d'une chose, d'une ressource, que quand elle vient à manquer. Pour le dire prosaïquement, vivre dans l'espace simplifie la vie !

Finalement, mes vols spatiaux m'ont même donné une espèce d'idéal à rechercher sur Terre : être en mission comme nous le sommes là-haut, habités chaque jour par le travail nécessaire à sa réussite, au sein d'une équipe soudée par les mêmes buts, c'est intense et limpide.

Toutes les pièces du puzzle semblent soudain s'imbriquer harmonieusement, les priorités s'imposent d'elles-mêmes et chacun se met au service d'un but plus grand que soi. La vie réduite à une tâche nette et un territoire restreint, donc la vie minimaliste, permet un grand délestage. C'est peut-être ça, d'ailleurs, l'une des leçons du voyage spatial !

U.M. : Vous avez mentionné l'un et l'autre ce moment du retour à la Terre comme un retour au poids, à la gravité, à la pesanteur du corps. Une vie dans l'apesanteur donne une impression de vie sans densité ?

T.P. : J'ai souvent raconté que les premiers matins suivant mon retour sur Terre, encore dans l'état semi-conscient du réveil, le corps tout alourdi de sommeil, je faisais du bout des doigts de petites poussettes pour sortir du lit. Car dans l'espace, un rien suffit à une propulsion, un très léger coup de la main déplace tout notre corps. Ma mémoire corporelle portait encore le souvenir de cette facilité (ou de cette légèreté agile) et ne s'était pas complètement réajustée à la lourdeur terrestre ! Autrement dit, à la frontière entre la veille et le sommeil, ma mémoire était toujours en apesanteur ; il lui fallait encore du temps pour assimiler notre humaine gravité !

Pour autant, n'allons pas croire qu'on devient là-haut des sortes de purs esprits, des êtres spectraux ou célestes débarrassés de leur prison charnelle. Nous sommes sans cesse des corps : on fait chaque jour du bricolage, des expériences, on fait sa toilette (l'hygiène est soignée dans l'ISS) et surtout du sport – deux heures et demie en moyenne chaque jour. Je ne parlerais donc pas de disparition (physique) mais plutôt de simplification. C'est la clarté dont je parlais à l'instant.

E.K. : Thomas, on aurait dû se rencontrer plus tôt et j'aurais pu déjà déverser mes questions… ! Car j'ai toujours été fasciné par l'idée « la plus heureuse » (selon ses propres dires) qu'a eue Einstein un jour de 1907 : si nous tombions dans le vide, c'est-à-dire en chute libre, et si nous lâchions notre parapluie, par exemple, celui-ci chuterait exactement à la même vitesse que nous, de sorte que nous ne le verrions non pas tomber, mais *léviter* au même niveau que nous, flottant exactement comme s'il n'avait pas de poids. Nous-mêmes ne sentirions plus le nôtre, a-t-il réalisé d'un coup, comme si l'accélération de notre chute annulait la pesanteur qui pourtant la provoque… Ce qu'Einstein a compris là est fondamental : lorsque rien ne vient plus s'opposer à la gravité, elle nous devient imperceptible !

Je vais dire les choses autrement, par souci de clarté, justement : lorsque la force de gravitation est la seule force que subit notre corps, alors cela nous met en état… d'impesanteur ! L'impesanteur n'est donc pas l'absence de pesanteur, mais l'absence de tout *ressenti* de la pesanteur : on ne sent pas son poids si l'on n'est soumis qu'à son poids !

Dans la vie courante, par exemple, c'est la réaction à notre poids de la chaise sur laquelle nous sommes assis qui nous fait sentir que nous sommes des corps plus ou moins pesants.

Au passage, ce constat établi par Einstein vient donner à l'expression « chute sans gravité » une allure étrange. Elle est à la fois un paradoxe, puisqu'il n'y a de chute que s'il y a de la gravité, et un pléonasme, puisque la chute a pour effet d'effacer la gravité qui la provoque…

Désireux de sentir ce que l'on éprouve physiquement et psychologiquement en état d'impesanteur, j'ai déposé en 2021 un projet au CNES qui, lui, à ma grande joie, fut accepté par le comité de sélection. Le 30 septembre 2021, j'ai donc participé à un vol « zéro-G » au-dessus de l'Atlantique, entre la Gironde et la Bretagne, dans un Airbus A310 de la société Novespace.

Lors de tels vols, les phases d'impesanteur ne durent que 24 secondes et se répètent une quarantaine de fois. Cette durée est toutefois suffisante pour constater que tous les mouvements apparaissent doux, presque voluptueux, merveilleusement inertiels. Il y a comme une danse calme des corps, une sorte de tranquillité cinétique qui est très apaisante. Tout flotte et tout flâne.

J'avais en tête deux questions. La première concernait le langage, notre langage de tous les jours. Je me demandais comment nous comprendrions toutes les phrases par lesquelles nous disons notre expérience du corps si nous n'avions jamais vécu qu'en impesanteur, autrement dit sans jamais sentir que nous avons un poids. Parviendrions-nous seulement à comprendre leur sens ? On peut en effet imaginer que, dès l'origine, notre langage a été incurvé par la pesanteur terrestre, au point que sa structure même la contiendrait et la traduirait de façon implicite. Je dois dire que mon vol parabolique n'a pas suffi pour que je trouve une réponse claire à cette question, mais il me semble tout de même qu'il serait tout à fait impossible d'expliquer *avec seulement des mots* ce qu'est le concept de poids à des êtres qui n'auraient jamais vécu qu'en impesanteur.

Ma seconde question concernait la perception de notre corps en impesanteur : nous semble-t-il encore « solidaire de nous-même » ou bien nous apparaît-il comme en orbite autour de notre *moi* ? En clair, comment se transforme la conscience de soi lorsque plus rien n'est grave ? Devient-elle elle-même flottante ?

Mon impression, assez nette, a été que pendant les phases d'impesanteur l'absence de poids n'annule pas la sensation d'avoir un corps : nos bras et nos jambes nous appartiennent comme à l'ordinaire, même si notre relation à eux est évidemment moins musculaire. Il m'a aussi semblé que les corps des autres passagers étaient devenus moins « parlants » que dans un champ de gravité, comme si l'absence de résistance et de tensions musculaires les rendait moins loquaces, physiquement plus neutres.

Mais, lors des vols zéro-G, comme je l'ai dit, les phases d'impesanteur ne durent que 24 secondes. C'est bien peu. Peut-être que la conscience de soi se modifie davantage lors des vols de longue durée. J'ai eu l'occasion de poser la question à Jean-François Clervoy, qui a volé à deux reprises à bord de la navette spatiale *Atlantis* et une fois à bord de *Discovery*, et a ainsi passé 675 heures dans l'espace. Il m'a répondu qu'à mesure que passaient les jours hors du ressenti de la gravité il se sentait de plus en plus devenir une « pure conscience »...

T.P. : Oui, c'est une version possible de l'expérience d'apesanteur prolongée. Il y a de cela, certes ; toutefois je n'ai pas senti ce genre de dilution totale, plutôt simplement, je le répète, une clarification ; mais, qu'on le veuille ou non, nous sommes quand même régulièrement ramenés à notre corps. Par les contingences physiques : le sommeil, la toilette, le sport et les diverses missions manuelles. En dépit de ce vieux rêve antique et mystique, on ne s'extrait jamais de la condition humaine !

Je dirais que c'est plutôt une affaire d'intensité ou de dosage. Le retour sur Terre signe le violent retour à la gravité. Mais pas à la condition humaine : elle, on y reste du berceau à la tombe.

Cela dit, la douleur du retour est telle, si accablante, qu'on se sent moins redevenu homme que devenu pachyderme : éléphant, hippopotame ou rhinocéros. Elle est peut-être là, la vraie métamorphose. La découverte de l'essence pachydermique du genre humain… quand lever son bras pèse une tonne et que le poids d'une tête un peu trop penchée semble vous entraîner au sol, comme attiré par un aimant ou un élastique – ce qu'est, finalement, la force de gravité.

E.K. : Est-ce qu'on éprouve ensuite un sentiment de manque, un manque de l'impesanteur ? Y a-t-il une nostalgie de la sensation de légèreté ?

T.P. : Sans doute, oui, au début, comme le prouvaient d'ailleurs mes rêves. Mais nous sommes indécrottablement terriens, et nous portons en nous des centaines de milliers d'années d'évolution : ainsi, très rapidement, trop rapidement, on se réhabitue.

Mais je me souviens de ma première douche de retour sur Terre (nous nous lavions là-haut avec des lingettes) : assis sur un tabouret, avec l'impression que tout tangue autour de soi, comme en retour de bateau. Alors, en activant le robinet, j'étais sidéré de revoir l'eau couler : c'était tout bonnement irréel, ce jet qui coule droit, vertical, parallèle, ordonné, avec une telle évidence, toutes les gouttes suivant des trajectoires inexorablement parallèles et verticales ! Alors là, oui, j'étais ébahi : car dans l'espace, le moindre liquide part dans tous les sens et c'est un véritable chaos (l'eau en liberté y est un ennemi) ; je m'y étais habitué, j'avais changé mes références à mon insu ; sur Terre, l'écoulement implacable de l'eau de la douche semblait soudain miraculeux. Un choc similaire à celui de découvrir, comme il arrive parfois, une régularité parfaite (forme, motif) au sein de la nature, et qui semble contredire son essence chaotique et aléatoire.

Puis on se réhabitue aussi sec, c'est ainsi que nous sommes faits. La vie, sur Terre ou dans l'espace, ne peut pas être un miracle de chaque instant. L'humain a besoin de fonctionner dans un environnement normal pour ne pas épuiser son cerveau, alors il normalise n'importe quel environnement, même le plus fantastique. Après des mois de vol et trop d'habitude, il n'y a que ces petits instants de demi-sommeil qui venaient, là-haut, me procurer la décharge d'adrénaline du flottement inattendu, en sortant de ma cabine le matin. C'est quand le cerveau est sans défense que beaucoup de choses se jouent.

E.K. : Une autre question me vient ; elle concerne les rêves qu'on fait lorsqu'on dort en impesanteur. On raconte que lors d'un long séjour à l'étranger, on finit par parler dans ses rêves la langue du pays où l'on se trouve. Est-ce la même chose lors d'un vol prolongé dans l'espace ? Je veux dire, finit-on par faire des rêves dans lesquels on se retrouve systématiquement en état d'impesanteur ? Ou bien la pesanteur terrestre est-elle si « engrammée » (c'est le mot !) dans les cerveaux humains que même lors de très longues missions dans l'espace, elle continue de s'imposer à l'inconscient des astronautes durant leur sommeil ?

T.P. : J'ai bien peur, mon cher Étienne, d'être un très mauvais sujet pour cette étude, car pour conclure scientifiquement, il faudrait des rêves en grand nombre ! Or, dans l'espace comme sur Terre, j'ai un sommeil calme et profond, rarement troublé par le moindre rêve… Quelles que soient les circonstances, je m'endors toujours facilement et dors d'une traite – bien que ce ne soit pas testé à la sélection, c'est très utile, on pourrait presque dire que c'est mon atout numéro un ! Les (rares) fois où il m'est arrivé de rêver là-haut, c'était souvent un mélange… les personnages de la Terre restaient terrestres, mais ceux de ma mission (mes coéquipiers) étaient, eux, dans leur élément quotidien. Comme si la pesanteur se coupait en passant d'une pièce à l'autre… un joyeux bazar, en somme. Il aurait sans doute fallu rester encore plus longtemps (ou se rappeler plus souvent ses rêves) pour que l'ensemble de la pièce de théâtre se joue uniformément. Il faut répéter l'expérience ! Je suis partant…

U.M. : Quelle relation l'alpiniste entretient-il avec la gravité ?

E.K. : Je ne peux pas parler au nom de tous les alpinistes, mais le grimpeur du dimanche que je suis doit avouer qu'il préfère nettement les montées aux descentes. Je m'y trouve plus à l'aise. Les sommets agissent sur moi comme s'ils exerçaient une force d'attraction opposée à la gravité. Je considère donc la gravité comme un adversaire sympathique. Un adversaire, puisqu'il faut bien la défier et en un sens la vaincre (sauf quand on tombe, mais ce n'est a priori pas le but). Sympathique, parce que j'aime ce genre d'effort, la tension physique qu'il réclame, et aussi ce qu'il fait apparaître dans le regard de celui qui grimpe.

Je pourrais tout aussi bien dire que la gravité est une amie exigeante, une amie qui ne fait pas de cadeau et peut même se montrer cruelle. Vous connaissez la devise des alpinistes ? « Si tu tombes, c'est la chute. Si tu chutes, c'est la tombe. » Ça cadre assez bien les choses. Mais en vérité, et à sa décharge, ce n'est jamais la gravité qui tue directement, mais plutôt le rocher sur lequel elle projette le corps de l'alpiniste et qui vient lui opposer une force de réaction fatale. En l'occurrence, on a donc tort de faire porter à la gravitation le « poids des morts » en montagne, si j'ose dire.

La descente du sommet, elle, produit presque toujours une sorte de dégrisement. Elle fait bien sûr perdre de l'altitude physique, mais aussi de l'altitude psychique, puisqu'elle éloigne de ce qui avait été l'objectif. Le but, c'était le sommet, pas la lente catabase qui lui succède. En plus, elle fait mal aux genoux.

T.P. : L'astronaute est confronté au même genre de dégrisement que l'alpiniste : il s'entraîne dix années à flux constant, porté par la promesse d'ascension (gravir le ciel vers la mission) et, sans même avoir senti passer l'instant promis, il est déjà l'heure de rentrer à la maison mère.

Enfin, la réalité est légèrement plus nuancée. Tous les explorateurs avec lesquels j'ai pu m'entretenir à ce sujet témoignent du même étrange phénomène : à l'instant où l'on passe la frontière de la deuxième mi-temps du voyage, une mélancolie nous prend quelques jours, une sorte de vague à l'âme assez puissant, comme venu de loin. Les navigateurs, les marins, les chercheurs polaires l'attestent autant que les autres astronautes. Il y a un creux, un pic de déprime au cœur même de l'aventure, quand on sent qu'une première moitié de temps s'est déjà écoulée.

E.K. : Mais oui ! Je me souviens de ce que racontait l'amiral François Dupont, que j'évoquais plus haut, dans son livre *Commandant de* *sous-marins*[1], ce coup de blues qui advient à la mi-temps du périple. Je rappelle que les missions durent soixante-dix jours, sans interruption, sans remontée à la surface. Au trente-cinquième jour, les membres de l'équipage, sentant que les psychologies pourraient se dérégler, organisent une fête aux vertus qu'ils espèrent préventives.

T.P. : Cela s'explique assez bien en vérité. Quelle que soit leur durée, les expéditions se divisent en quatre temps, à peu près égaux en durée.

Le premier quart est dédié à l'adaptation : la découverte du nouveau milieu, l'apprentissage des missions, des outils, du rythme général, c'est alors la phase candide.

Le deuxième quart est le stade de l'efficacité : le terrain est apprivoisé, la mission cernée, le rythme intégré : on fait (et on fait bien) ce qu'on est venus faire.

Fast forward vers le dernier quart, qui se dédie souvent à la préparation (parfois l'excitation, parfois la crainte) du retour, de plus en plus proche : c'est un moment toujours excitant, car on contemple et on savoure alors autrement les lieux, les décors, les amis, comme pour ne pas en perdre une miette une fois qu'on sera rentrés ; et on prépare déjà le retour, la reprise, on se projette,

1. Autrement, 2019.

on se forge même déjà des plannings ; en un sens, *on devance la nostalgie.*

Reste le troisième quart, qui se révèle systématiquement le plus critique : on a coché toutes les cases, on maîtrise son environnement, la routine pointe son nez, l'essentiel des tâches est accompli, mais le retour semble encore loin, à ce stade… c'est le temps de la mélancolie. Moment introspectif, méditatif, proche d'un chagrin flottant, qui prend tous les voyageurs comme un chant de sirène ; je crois que c'est inévitable, il faut savoir l'apprivoiser, et surtout garder à l'esprit, avant l'expédition, qu'on surpasse vite ce stade gris. Il est aussi intense que fugace.

Mais il faut l'occuper artificiellement. Le remplir de travail. D'activités, pour ne pas laisser l'esprit vagabonder comme mes collègues russes. C'est pour ça sans doute que l'amiral François Dupont a organisé cette fête au trente-cinquième jour !

Pour revenir à l'image du sommet, je dirais assez simplement que le fait de gravir est pour moi l'espace du bonheur. C'est-à-dire l'accomplissement. Même les marins ou les plongeurs qui sombrent dans les profondeurs gravissent un désir et accomplissent une quête. Se fixer un but ambitieux (les buts faciles n'épanouissent que rarement) et s'en approcher chaque jour de manière mesurable : c'est la définition que je donnerais du bonheur. Passer des lignes d'arrivée n'illumine qu'une seconde, et déjà c'est révolu. Comment remplir le présent, comment embellir l'avenir, sinon en se donnant un but dont on se rapproche visiblement au quotidien ! Les sportifs le savent : la satisfaction de gagner la coupe ne dure pas, tandis que le vrai bonheur réside dans la progression tout au long de la saison. Cela est vrai dans tous les domaines. Voilà un antidote puissant à nos vagues mélancoliques.

E.K. : Je ne sais pas si le parallèle tient la route, mais il me semble que les efforts longs, de quelque nature qu'ils soient, modifient l'état d'esprit, et même l'état de l'esprit. Par exemple, après une course en montagne, je l'ai dit, on ne redescend jamais comme on était parti. Quelque chose s'est modifié en soi, jusque dans l'activité physico-chimique du cerveau, grâce notamment, paraît-il, à la libération d'un cocktail de substances tout à fait naturelles – endorphines, dopamine, sérotonine… Elles interviennent, si j'ai bien compris, dans le sentiment de bien-être aussi bien que dans la motivation. Je me plais souvent à répéter que « grimper consiste à s'ouvrir au ciel en continuant de toucher terre ». Le fait est que chaque fois que je reviens de là-haut, je m'entends mieux avec le monde tel qu'il est.

Et voyez les coureurs d'ultratrails qui passent plusieurs heures – voire plusieurs dizaines d'heures – à engloutir des dénivelés considérables. Quand ils franchissent la ligne d'arrivée, quel que soit leur classement, on le lit sur leur visage : ils sont épuisés physiquement, certains titubent, s'écroulent, mais ils ont tous l'air métaphysiquement heureux, grâce bien sûr à un mélange de soulagement et de fierté, mais aussi parce qu'ils ont ressenti durant toute l'épreuve une intensité existentielle peu banale.

Je sais d'expérience que cette joie dopante peut se prolonger bien longtemps après. Il arrive qu'on continue de planer pendant plusieurs semaines, même si j'ose à peine dire « planer » en présence de Thomas…

Chapitre III

Progrès, conquêtes et démesures

U.M. : Vous connaissez tous deux bien sûr un célèbre mythe : celui d'un homme qui, se croyant plus rusé que les autres hommes et les dieux, s'est fabriqué de fausses ailes pour survoler un labyrinthe. Son envol fut triomphant, divin… et tragique : sa démesure céleste annonçait sa chute brutale. L'histoire d'Icare nous mettait en garde : quiconque joue l'ange sera déjoué. Et tous les titans gonflés à l'hybris se brûleront les ailes. Que vous inspire cette mentalité grecque qui regardait d'un mauvais œil les ambitions et les démesures humaines ?

T.P. : Ce n'est pas une question facile, elle touche un point sensible et douloureux du monde de la recherche spatiale. Ces problèmes, très actuels, nous sont soumis sans cesse : faut-il s'arrêter ou poursuivre ? Faut-il réguler, et jusqu'à quel stade ?

Certains déclarent, assez arbitrairement : « La Lune à nouveau, oui ! Mars, non ! » Et d'autres : « La Lune, non ! Mais l'ISS, oui ! »

Allez donc trouver la bonne boussole… La difficulté vient de ce que nous sommes à la croisée des mondes : entre la science, l'exploration, l'innovation, la recherche, l'observation, la réflexion écologique et la conquête (un mot d'ailleurs passé de mode, on préfère aujourd'hui exploration) humaine de l'espace.

Nous autres chercheurs, astronautes, ingénieurs, nous fixons en vérité des ambitions modestes et atteignables ; nous n'avons pas tellement la passion de la démesure. Nous calculons, planifions, optimisons, justifions chaque dépense et chaque gramme envoyé là-haut, et tentons sans cesse de fonctionner au principe d'économie et d'efficacité ; en cela, peut-être, nous sommes assez éloignés de l'aveuglement d'Icare.

Il y a, bien sûr, une sorte de défi à l'absolu : la quête du lointain, du dépassement, la promesse d'affranchissement, chez certains même (dont je ne suis pas) un certain « quoi qu'il en coûte » – l'ivresse du progrès, c'est un envol envoûtant.

Nous nous tenons donc face à un véritable dilemme éthique : est-il souhaitable d'institutionnaliser les limites, d'essaimer partout les bornes et les interdits, par prudence, par mesure, au risque cependant d'être dépassés par les autres ?

Qu'on le veuille ou non, le ciel est un terrain de compétition… malgré les collaborations et les alliances. Si nous renonçons aux progrès spatiaux, aux buts ambitieux de la Lune ou de Mars, d'autres s'en chargeront en Chine, en Russie, en Inde, aux États-Unis, avec les retombées positives qui vont avec, et le déclassement pour nous… Peut-être que la formule toute faite : « On n'arrête pas le progrès » a quelque chose de fatalement vrai.

Mais en quoi y aurait-il moins de présomption à dire « On arrête tout » plutôt que « On continue » ? En quoi serait-il plus prudent et noble de désamorcer toutes nos ambitions ? L'immobilisme serait-il plus vertueux que le progrès à tout crin ? J'en doute fortement… Pourtant, on entend parfois des discours qui recommandent de figer les choses : débrancher l'IA, stopper la recherche, retourner à une vie d'avant, fixer la biodiversité telle qu'elle est aujourd'hui (alors que la nature se renouvelle, elle, en permanence sans états d'âme et sans souci du statu quo, les dinosaures en sont témoins). Tout cela me paraît pour le moins présomptueux et très ethnocentrique : au nom de quoi déciderions-nous aujourd'hui quoi faire pour l'ensemble des créatures vivantes ? Et si l'humain s'était de tout temps contenté de ce qu'il a, comme on nous enjoint parfois de le faire, nous n'aurions aujourd'hui ni machines IRM, ni droits des femmes, et une espérance de vie bien plus courte. Est-ce vraiment raisonnable de se figer aujourd'hui dans l'état actuel des choses ? Avons-nous atteint le meilleur de ce que nous pouvons faire ? Ou plutôt : pourquoi penser qu'il était positif de progresser jusqu'à présent… mais que ce ne le serait plus demain ? Si le progrès scientifique (qui entraîne globalement, j'en suis convaincu, le progrès social) n'est plus raisonnable aujourd'hui, par quelle logique pourrait-on justifier qu'il ne l'ait jamais été ? Et pourtant, personne ne veut vivre au XVIIe siècle ni même dans les années 1950. La seule permanence sur notre planète, c'est le changement, et bien sûr il faut le penser, l'encadrer, le raisonner. Mais on ne peut pas, il me semble, l'arrêter. L'espace n'est qu'un exemple très visible de ces forces à l'œuvre ailleurs dans tous les domaines. La nostalgie du passé n'amène jamais rien de bon.

En d'autres termes, on ne peut extirper d'Icare le grand rêve de l'envol, et c'est lui qui l'a sorti du labyrinthe de la condition animale. Il n'aurait simplement pas dû monter si haut, si seul. Dans tout mouvement, des forces contraires se disputent : peut-être que la bonne harmonie collective de ces forces s'appelle l'éthique.

U.M. : Il est vrai que certaines morales de la prudence finissent par devenir antiprogressistes, et qu'il est donc toujours affaire, comme dans la pensée grecque, de « juste mesure ». Alors la question découle d'elle-même : faudrait-il modérer la conquête spatiale ?

T.P. : Elle l'est déjà énormément, en vérité, par rapport à ce qu'on a connu des folles épopées des décennies 1970-80 ! En ce temps-là, je rappelle que la NASA recevait plus de 4 % du budget fédéral américain. Nos budgets, désormais, n'atteignent qu'un dixième des moyens d'autrefois.

Le fantasme persiste malgré les preuves : on se figure toujours que le spatial dispose d'aides et de ressources faramineuses. Rappelez-vous la comparaison que nous faisions avec le budget du PSG ; il faudrait se rendre à l'évidence que nous ne sommes pas dans le domaine de la science-fiction, c'est la réalité : nous vivons cernés de limitations et de régulations.

Si l'aventure Apollo avait continué sur les mêmes bases qu'à son origine, aspirant 4,5 % du budget des États riches (à comparer à environ 10 %[1], aujourd'hui, pour les dépenses de défense...), si elle avait aussi été portée bien sûr par une volonté politique, nous aurions déjà une

1. La France dédie environ 2 % de son PIB aux dépenses militaires, c'est 10 % du budget de l'État. Pour les USA, c'est 3,5 % du PIB et 13 % du budget fédéral. Pour l'Allemagne, 2 % du PIB et environ 15 % du budget fédéral.

base sur la Lune et nous parlerions d'autre chose. Oui, c'est difficile. Mais pas fondamentalement différent d'atteindre le pôle Sud, ou de s'établir en Antarctique il y a un siècle, avec les moyens très limités de l'époque. Ces aventures avaient les faveurs des foules dans un monde en expansion, c'est ainsi qu'elles ont été rendues possibles.

Aujourd'hui, le monde semble se rétracter, les flux physiques d'énergie qui le sous-tendent semblent bien diminuer, nous sommes donc soumis à des régimes de priorisation. Dans la situation d'une semi-crise généralisée et permanente qui semble être la norme, tous les mondes renoncent à leur prospérité passée. Il y a du bon qui peut émerger de cette sobriété forcée.

E.K. : De façon générale, les limites ne sont pas « posées là », en un lieu qui serait fixé une bonne fois pour toutes : leur localisation dépend des moyens mis en œuvre pour les approcher ou les atteindre. Elles ne sont donc pas connues à l'avance. Cela vaut pour tout, pour la conquête spatiale comme pour le corps.

Bien sûr, tout n'est pas possible. Aucun corps humain ne peut sauter au sommet de l'Aiguille verte, ni voler de ses propres ailes, puisqu'il n'en a pas. Aucun n'ira jamais non plus se poser sur une exoplanète, comme l'a dit Thomas. La plus proche étant située à plusieurs années-lumière, un voyage de type « classique » prendrait la bagatelle de plusieurs millions d'années. Il faudrait donc aimer à la folie être confiné et concevoir des enfants à un rythme permettant de renouveler l'équipage sans faire exploser le vaisseau sous l'effet de la pression démographique…

Reste qu'entre ce qui a déjà été réalisé par des humains et ce qui leur est définitivement impossible, il y a une marge. Pour ce qui est du corps, Spinoza avait raison d'affirmer que « personne ne sait à l'avance ce que peut un corps ». Lors des Jeux paralympiques de Paris 2024, vous avez peut-être vu comme moi un athlète unijambiste, le Polonais Łukasz Mamczarz, sauter (en Fosbury !) une barre à 1,82 mètre ? Qui aurait pu imaginer cela avant de le voir ?

La même chose vaut certainement pour la conquête spatiale. Elle nous surprendra encore, à la condition, bien sûr, qu'on la… poursuive. Vous aurez la bonté de me pardonner ce truisme.

T.P. : Au risque de me répéter, il est certain qu'une certaine tentation du statu quo, d'un repli prudent rencontre beaucoup de succès chez nos contemporains. Je reste pour ma part d'un optimisme tenace. Une confiance de fond, presque têtue, dans la dynamique d'amélioration que l'humanité, malgré tout, continue de suivre. Si l'on regarde à échelle humaine, un certain nombre d'indicateurs globaux témoignent obstinément d'un mouvement positif : l'espérance de vie, l'éducation, les droits des femmes, l'émancipation des individus, l'accès à la connaissance. Les courbes augmentent en général, et surtout sur le temps long (comparez au Moyen Âge, au XIXe siècle, aux années 1950)...

Évidemment, ce n'est pas un processus homogène ni irréversible. Il existe des périodes de recul, des poches d'injustice, des descentes temporaires dans la courbe qui monte, parfois même des catastrophes tragiques pour ceux qui les vivent, et il n'est pas question de minimiser ici une guerre ou une épidémie. Mais si l'on prend un peu de distance, une vue d'ensemble, disons planétaire (pour ne pas dire cosmique !), permet de voir que la trajectoire, bien que sinueuse à l'échelle d'une vie, reste ascendante à l'échelle des siècles.

Et cette intuition, cet espoir raisonnable que le monde peut encore s'améliorer justifie, je crois, que l'on reste fidèle à une certaine idée de progrès. Pas au sens naïf, ni automatique, ni révolutionnaire du terme, mais comme un cap, une direction, une exigence que nous devons continuer à porter... Parce que ces courbes ne montent pas toutes seules, bien évidemment, elles sont le fruit du travail des savants, des chercheurs, des ingénieurs, plus largement des femmes et des hommes de bonne volonté qui leur dédient leur vie professionnelle, et dont l'action est facilitée par les institutions internationales, les organisations progressistes, le partage des connaissances et de l'éducation. En ce sens, Wikipédia, par exemple, est une merveille de progrès que je ne me lasse pas de louer, même si tout le monde aujourd'hui y est habitué.

E.K. : Certes, mais ainsi que d'aucuns le firent remarquer en Mai 68, on ne peut guère tomber amoureux d'un simple taux de croissance… Il nous en faut plus. Bien davantage pour booster nos affects. Nous réclamons un récit. Un récit qui trace fermement l'axe du futur et polarise nos désirs.

Allez, je vais faire parler mon grand âge. Lorsque j'étais adolescent, les magazines destinés à la jeunesse ne nous parlaient que de l'an 2000, le plus souvent de façon fort désirable. Ils expliquaient comment les humains allaient travailler, se déplacer, se nourrir, communiquer, se distraire. Le futur était ainsi doublement « représenté » : d'une part, transposé dans notre présent même ; d'autre part, mis en scène par le biais de bandes dessinées. Certains de mes copains clamaient leur hâte d'y être, sans prendre forcément conscience qu'ils y seraient bien plus vieux… Aujourd'hui, chacun voit bien que ni 2050 ni 2100 n'ont semblable statut. Personne ne les envisage de manière férocement attractive. Notre société ne semble pas capable de construire pour elle-même un horizon projectif ayant une puissance équivalente à celle qu'eut le dernier changement de siècle.

Il faut dire que durant les Trente Glorieuses, l'idée de progrès continuait d'imposer son élan. Elle servait de tremplin temporel collectif. Ce n'est plus vraiment le cas. Comme si on avait un coup de blues, une sorte de nostalgie analogue à celle qui parfois nous gagne après être redescendus d'une montagne magique. L'an 2000 nous aurait-il été vendu comme un trop beau sommet ?

Dans les entreprises – et même à tous les coins de rue –, nous ne parlons plus que d'innovations, pas de progrès. Quant à notre rapport au temps, il se montre pour ainsi dire « sans épaisseur ». Du coup, nos rattachements sont plus horizontaux, plus fluides, bien moins projectifs. On pourrait presque parler d'un « présentisme » généralisé, tant nous nous laissons submerger par ce que Paul Valéry appelait déjà « l'intoxication par la hâte ». Comme si l'urgence avait pour effet d'empêcher l'avenir de ressembler à une promesse. Certains en profitent d'ailleurs pour clamer urbi et orbi leur nostalgie du passé, mais qui parmi eux aurait le courage d'aller chez le dentiste en 1925 ?

U.M. : Pensez-vous qu'il existe aujourd'hui un « oubli lunaire », comme il y eut une acclimatation à la bombe nucléaire – une forme d'indifférence croissante à ce qui fut autrefois un vertige collectif, la conquête de la Lune étant désormais perçue comme un rêve dépassé au profit de Mars ?

T.P. : Je ne vois pas de meilleure explication qu'une logique de cycles. La compétition idéologique, commerciale et culturelle a fait, par le passé, décoller les projets spatiaux, alors que la politique internationale était prise dans le choc des blocs.

E.K. : Exactement comme pour la physique des particules !

T.P. : Absolument. Il faut pour chaque grande épopée un carburant très puissant. Ce carburant a été idéologique, c'est vrai, et il a emporté collectivement toute une époque, d'autant plus que le facteur de risque était nettement plus présent qu'aujourd'hui (on tâtonnait, et ça explosait pas mal…), et qu'il y avait donc une sorte de crainte fascinée dans la conquête spatiale, odyssée dangereuse nimbée d'inquiétante étrangeté. Les astronautes étaient les champions d'un pays et d'un système, qui montaient sur le ring spatial au (réel) péril de leur vie pour combattre l'idéologie menaçante qu'on prêtait au camp d'en face. D'où la notion de héros : celui qui va se battre pour nous en endossant tous les risques. Derrière le fantasme épique se sont dévoilées d'autres réalités plus pragmatiques ; une fois que l'homme a planté son drapeau (américain) dans le sol de la Lune, quelque chose s'est évanoui. Rien ne sert de continuer à courir une fois qu'on a gagné la course. L'aventure a brusquement perdu son intérêt et son attrait.

« Oubli lunaire », je ne sais pas, mais l'acclimatation est une bonne image. Alors il faut générer de nouvelles promesses avec de nouveaux moteurs idéologiques : Mars, en ce sens, coche pas mal de cases. Il y a cependant un moyen plus concret de pallier la lassitude rapide du public, ce que j'appelle le deuxième moteur de l'aventure spatiale. Moins puissant, incapable de la faire décoller, il est pourtant meilleur sur le long terme pour la faire continuer, à la manière d'un coureur de marathon face à un sprinteur. C'est la deuxième zone de la courbe, celle où elle monte avec moins de pente, certes, mais beaucoup plus longtemps, et sans s'essouffler. Cela consiste à passer à la quête scientifique, en coopération, après la conquête épique et idéologique en compétition. La coopération internationale et la recherche ne font pas rêver les foules, pas autant que les combats tragiques, mais elles installent l'exploration dans la durée, avec des budgets réduits mais constants, garantis par une certaine sobriété dans les montants et des accords signés entre les partenaires. C'est ainsi que l'ISS a, finalement, succédé aux missions Apollo.

Pour la Lune aussi, c'est très frappant : maintenant que s'est émoussée la passion cinématographique (« irons-nous un jour ?! »), on trouve de nouvelles interrogations mobilisatrices sur les roches, sur les bassins d'impact, sur les matériaux utilisables *in situ* pour une base semi-permanente. Là où l'imaginaire collectif décroche, la science peut parfois reprendre le flambeau, à sa manière plus lente, plus précise, un peu fastidieuse, mais non moins précieuse.

C'est le même scénario qui s'est joué avec la Station spatiale internationale : après l'effervescence initiale du chantier orbital, les regards se sont détournés… jusqu'à ce qu'on comprenne que ce laboratoire pouvait être un formidable poste avancé pour l'étude du vieillissement cellulaire, des effets de la microgravité sur le vivant, de la science des matériaux (composites, alliages, émulsions, cristaux) ou encore de la physique des fluides en conditions extrêmes.

Autrement dit, quand l'aventure a épuisé son aura, il reste à inventer des récits plus souterrains, plus exigeants… mais capables, eux aussi, de rallumer la curiosité !

E.K. : Oui, la mise en parallèle avec la physique des particules fonctionne là aussi parfaitement.

Dans les années 1960-1970, donc pendant la guerre froide, il y a eu une sorte d'effervescence généralisée qui se déclinait principalement sur le mode de la compétition : chaque camp comptait ses exploits, ses conquêtes, ses titres, ses sommets, ses prix Nobel, ses découvertes. Détecter une nouvelle particule, c'était symboliquement comme gagner une médaille d'or aux Jeux olympiques. Nous n'en sommes plus là. D'ailleurs, aujourd'hui, au CERN, on parle plutôt de « coopétition » : la compétition se fait coopérante, et la collaboration vient doper l'émulation.

Je me dis qu'une heureuse conception de l'avenir se dessine peut-être là : dans un esprit suffisamment collaboratif pour avoir la force d'entreprendre de vastes projets en mutualisant les moyens collectifs, le tout couplé à un léger esprit de compétition qui donne le tonus et l'énergie nécessaires lorsque les échéances sont très lointaines.

U.M. : Est-ce qu'Elon Musk n'incarne pas aujourd'hui la figure la plus démesurée de l'hybris moderne – celle d'un capitalisme céleste qui bombarderait Mars au nom du progrès ? Et, question subsidiaire : avec ses « bombes thermonucléaires » pour « terraformer » Mars, SpaceX n'est-il pas devenu l'ennemi naturel des astronautes et des cosmologues ?

T.P. : Certes, mais c'est précisément là que se niche une redoutable ambivalence : nous sommes autant dérangés par certaines actions de SpaceX que nous leur sommes redevables ; c'est à cette entreprise que nous devons des innovations fantastiques et ambitieuses. Le lanceur réutilisable *Falcon 9*, les capsules Dragon qui ravitaillent la Station spatiale et les satellites de Starlink sont de la même maison mère ; de même que les agents qui œuvrent aux missions des astronautes sont à peu de chose près les mêmes que ceux qui contribuent au développement du tourisme spatial.

Il y a chez SpaceX et chez son fondateur un double moteur : d'une part, un goût absolu de la technologie de pointe, de l'excellence scientifique, de l'élitisme du progrès ; de l'autre, une volonté de puissance à tout crin, une fascination pour l'influence et l'argent qui semble mener à un cynisme ultime. « L'enfer est pavé de bonnes intentions » est la manière la plus généreuse de décrire cette dérive.

Il est impossible aujourd'hui de ne pas faire avec. Il n'est pas possible aujourd'hui de faire le spatial sans SpaceX, de la même manière qu'il n'est pas possible d'exclure les États-Unis de nos vies, qu'on le veuille ou non. Il y a des ambiguïtés partout : ce sont les lanceurs de ces méga-constellations de satellites qui propulsent aussi ceux qui nous renseignent sur le bouleversement climatique. Nous préférerions, bien sûr, faire les choses avec plus d'humanisme et avec des acteurs européens… Mais en attendant une prise de conscience européenne en faveur de notre indépendance stratégique et de nos valeurs, il semble qu'il n'y ait pas d'autre choix que d'accepter ce genre d'ambiguïtés. J'espère fortement que demain, nous, Européens, et les autres géographies (entendre : pas seulement nord-américaines) pourrons avoir plus de voix au chapitre global. La prise de conscience est réelle et les choses semblent aller dans le bon sens.

Je me rappelle que, sortant du bâtiment juste avant mes coéquipiers et moi, le soir de mon lancement, Elon Musk avait salué les familles américaines et était passé devant la mienne et celle de mon équipier japonais sans s'arrêter… Toutes les quatre attendaient pourtant côte à côte, dans de petites zones dédiées aux adieux que le Covid-19 avait rendues encore plus tristes mais encore plus visibles (quelques signes de la main, quelques mots, puis direction le pas de tir). Difficile, ce soir-là, de séparer l'artiste de son œuvre…

E.K. : « L'homme sait assez souvent ce qu'il fait, mais il ne sait jamais ce que fait ce qu'il fait », disait Paul Valéry. On ne peut pas exiger des scientifiques (ni d'ailleurs des astronautes) qu'ils nous disent précisément et à l'avance les effets qu'auront sur notre vie future les recherches qu'ils mènent ou les voyages qu'ils font. Ils ne sont pas des oracles. Dans toute recherche comme dans toute aventure, il y a quelque chose qui relève du pari, de l'imprévu. Toute invention s'enrobe d'un brouillard cognitif à propos de sa suite. Voyez Tim Berners-Lee, l'ingénieur du CERN qui a inventé le web au tout début des années 1990, avec l'aide de quelques collaborateurs. Son but initial était de mettre au point une sorte de canal universel, c'est-à-dire un système permettant l'échange d'informations, notamment de résultats d'expériences, ainsi que le partage d'outils informatiques entre utilisateurs dispersés géographiquement. Personne à l'époque n'aurait pu entrevoir la puissance révolutionnaire de ce web, dont chacun voit aujourd'hui combien il a proliféré, jusque dans l'organisation algorithmique des rencontres amoureuses. Certaines inventions s'émancipent ainsi très largement du contexte qui leur a donné naissance, ce qui leur vaut d'avoir un petit côté frankensteinien. Le 12 mars 2017, Tim Berners-Lee a d'ailleurs publié une lettre ouverte dans laquelle il disait regretter que le web en soit venu à favoriser la propagation de fausses informations, et permette de surcroît la publicité politique et l'usage abusif des données personnelles.

Tout chercheur, tout ingénieur, tout créateur, tout pionnier le sait : nos œuvres finissent par nous échapper. Toutefois, est-ce un argument suffisant pour les tuer dans l'œuf ?

T.P. : Mais souvenez-vous de la question qui m'a récemment été posée, que j'évoquais au début de notre conversation. Un jeune qui me demande lors d'un colloque : « Si on arrêtait tout de suite la recherche spatiale, est-ce qu'en 2100 on aurait vraiment perdu quelque chose ? »

La seule possibilité de ce genre d'interrogation dénote que le vent de l'époque a tourné. Les pionniers, eux, les explorateurs, les créateurs de toute obédience n'ont jamais avancé avec des boules de cristal, mais avec des lampes frontales… on ne sait pas ce qu'on va découvrir (ou tout du moins pas toujours), c'est toute l'essence de l'exploration !

E.K. : Il faut dire que le risque qu'on prend en arrêtant quelque chose, en l'occurrence la recherche spatiale, est souvent moins bien pris en compte que le risque qu'on prend en la continuant. De façon générale, la perception d'un risque donné a tendance à masquer l'évaluation des risques nouveaux qu'induirait la suppression de ce risque. Nos actions nous inquiètent plus que nos inactions.

Je ne veux pas tout ramener à l'alpinisme, mais c'est à ce propos un très bon exemple. Au motif que des gens se perdent ou se tuent en montagne, on pourrait être tenté de l'interdire. Mais son interdiction ne fermerait-elle pas une vanne précieuse de notre relation à la nature, de notre espace de liberté, de notre spectre d'apprentissages, de camaraderies, de joies et de frissons possibles ? Interdire, c'est souvent rabougrir. Et se confronter aux risques, n'est-ce pas aussi mieux les comprendre et moins les fantasmer ?

L'autre jour, je lisais une chronique de Sylvain Tesson racontant qu'il avait vu, planté sur une plage de Bretagne, un panneau portant cette objurgation administrative : *Il est interdit d'empiler des galets*. Bigre... Quel a bien pu être l'argument des technocrates qui ont eu pareille idée ? Pour un enfant, jouer avec des galets sur la plage, n'est-ce pas furieusement pédagogique ? J'imagine Obélix se retournant dans sa tombe.

Avec sa prolifération de précautions en forme d'interdits, notre post-modernité risque pour le coup de se prendre un jour un revers en pleine face, que d'aucuns appelleraient volontiers le « retour du refoulé ».

T.P. : Je ne sais pas s'il est tant question d'époque que de régions du monde : cette course aux limitations me semble pour tout dire assez occidentale.

Alors on ne peut s'empêcher de penser face à cela : quoi qu'il en soit, les autres n'auront pas nos scrupules.

Cela ne signifie pas, bien sûr, qu'il ne faille pas tendre vers un modèle plus éthique, plus écologique, plus prudent, aussi, et l'Occident à ce titre incarne une sorte de tête de piste pour le monde entier ; mais il ne doit pas, au nom de sa vertu, perdre trop de vitesse.

En matière de recherche et d'ambition spatiale, nous connaissons nos concurrents, qui ne sont pas en manque de démesure. Chinois, Émiratis, Indiens : tous nous talonnent ou nous dépassent déjà, et l'on ne peut ni ne doit ignorer cette réalité.

E.K. : De même, si l'Europe ne soutient pas sérieusement le projet du CERN, le FCC que j'évoquais tout à l'heure, d'autres le feront à sa place. Les Chinois ont déjà fait savoir qu'ils se tenaient prêts. Ils travaillent depuis plusieurs années sur un projet équivalent, le CEPC, un collisionneur de 100 kilomètres de circonférence destiné à étudier avec une très grande précision les propriétés du boson de Higgs, entre autres choses. La décision le concernant n'a pas encore été prise par le gouvernement chinois, mais une mise en service à la fin de la prochaine décennie paraît envisageable.

Je reconnais que le problème n'est pas simple. D'un côté, si nous procrastinons, si nous tardons trop à nous décider, que ce soit pour des raisons budgétaires, politiques, environnementales ou autres, nous risquons de perdre certaines compétences scientifiques, mais aussi de laisser à d'autres le soin de mener, sans nous, ce qui pourrait bien être l'une des grandes aventures intellectuelles du XXIe siècle. D'un autre côté, nous devons également considérer les limites de cet argument. Car que répondrions-nous à quelqu'un qui nous dirait : « Moi, je continue à prendre l'avion car il volera de toute façon, même si je n'y monte pas » ?

T.P. : C'est une question difficile ; là se confrontent, si je peux dire, la vision eulérienne et la vision lagrangienne.

Est-ce que tu te poses à un point fixe, et tu étudies un flux « depuis la rive » (c'est la vision eulérienne) ou est-ce que tu te laisses porter par le flux, tu te déplaces avec lui, et tu l'envisages comme une particule qui suit son mouvement (vision lagrangienne) ?

Ce sont deux manières d'être au monde, en fait. L'une plus contemplative, plus détachée ; l'autre plus active et incarnée. Et chacune a sa logique, ses angles morts. Celui qui dit « l'avion volera de toute façon » adopte une position eulérienne : il se place à l'extérieur du système et observe des trajectoires déjà lancées, comme si sa décision individuelle était négligeable dans l'ensemble. Mais en vérité, à force de penser comme ça, tout le monde finit par s'aligner… et alors oui, l'avion vole.

À l'inverse, une approche plus lagrangienne suppose que chaque trajectoire compte, que ton propre mouvement, même infime, influe sur la dynamique globale qui n'est que la somme de ces quantités et rien d'autre. Et là, c'est une forme de responsabilité diffuse, modeste mais réelle, qui entre en jeu.

Je ne dis pas que c'est simple. Mais on peut être emporté par le courant tout en gardant la capacité, de temps en temps, de poser le pied sur une pierre, juste assez longtemps pour orienter un peu le sens de la dérive. Là encore, fidèle à ma nature, je suis partisan des chiffres plutôt que des émotions : l'avion et les progrès qu'il permet entre les peuples ne sont pas à annuler, comme la machine à IRM ou le vin rouge… Un mélange de régulation (déjà bien présente) et de responsabilité individuelle devrait faire l'affaire. Il faut surtout éviter de ne faire que pointer du doigt les autres, même s'il est compréhensible que beaucoup essaient de se dédouaner : personne n'a envie de laisser à ses enfants un monde abîmé ou dangereux. Même si nous sommes tous responsables par l'utilisation que nous faisons de l'énergie et par notre goût du confort, il est tentant d'essayer de s'affranchir de sa part de culpabilité en pointant celle des autres plus que la sienne. De ceux qui prennent l'avion. De ceux qui prennent leur voiture. De ceux qui mettent la clim. C'est sans doute facile à dire, mais ce n'est pas en voulant interdire aux autres ce qu'on ne fait pas soi-même qu'on réglera le problème. Il faudra une approche beaucoup plus intégrée et des décisions collectives et raisonnées sur les dépenses en carbone en regard de leur utilité sociétale (et on discutera de la machine IRM… et de l'avion).

E.K. : À ce propos, connaissez-vous le titre du dernier petit ouvrage de Stefan Zweig, rédigé en 1941 ? *Les Pêcheurs du bord de Seine*[1]. La question qu'il y traite est exactement la nôtre : comment vivre à la fois sa propre existence, sa vie personnelle, et la grande Histoire ?

Zweig raconte que, dans son adolescence, il a lu un livre sur la Révolution française dans lequel était racontée en détail l'exécution de Louis XVI, le 21 janvier 1793, sur la place de la Concorde, appelée alors « Place de la Révolution ». Un détail l'avait frappé : à quelques centaines de mètres de la guillotine, des hommes assis sur les rives de la Seine pêchent tranquillement à la ligne ; ne prêtant attention qu'aux seuls mouvements de leur bouchon

1. « Les Pêcheurs du bord de Seine », dans *Mondes nouveaux*, Rivages poche, 2020 (« Petite Bibliothèque »), pp. 57-68.

de liège, ils ne daigneront pas tourner la tête lorsque la clameur de la foule annoncera que le Roi vient de perdre la sienne. Une autre vie, une autre temporalité, une autre réalité pourraient-elles donc cohabiter avec la grande Histoire en lui demeurant indifférentes ?

Zweig explique que, lisant le récit de cette anecdote, il n'en a pas cru un mot : qui ne serait aspiré par le spectacle de l'Histoire avec sa grande hache quand celle-ci se déroule à portée de regard ? Comment manquer l'événement ?

Mais, en 1941, alors que l'Europe s'est laissé engloutir par la barbarie, Stefan Zweig (qui ne tardera guère à tirer sa révérence) dit repenser aux pêcheurs parisiens. Désormais, il les comprend. Il s'en sent même solidaire : après trois ans et demi de Révolution, n'avaient-ils pas de bonnes raisons d'être lassés, fatigués ? N'était-il pas normal qu'ils aient envie d'oublier leur époque plutôt que d'y prendre part, de se concentrer sur leurs « activités quotidiennes, silencieuses, personnelles et discrètes » ? Nul d'entre nous ne peut vivre sous une tension permanente. Zweig, lucide, écrit : « Nous ne disposons pas assez de compassion pour suivre à cœur ouvert, jour après jour, heure après heure, tous ces événements qui se précipitent. »

Que ne dirait-il pas aujourd'hui ? Le rythme des événements est devenu tellement puissant que nous sommes tentés de rester au bord du flux parce qu'on sait que si on s'y laissait prendre, on s'y noierait. Il est bien possible que si, aujourd'hui, la conquête emporte moins les cœurs et les esprits, c'est parce que nous avons le sentiment d'être déjà débordés, dépassés, propulsés hors des bords de la *scène*, cette fois. Sans cesse ballottés entre l'ici et l'ailleurs, nous perdons les moyens intellectuels de discerner quel monde est en train d'émerger. Car, pour l'entrevoir, il nous faudrait être à la fois scotchés au déferlement des événements et en retrait par rapport à eux, c'est-à-dire tranquillement assis sur les rives du flux fougueux de l'actualité. Or, tout physicien vous dira que chevaucher deux référentiels distincts en même temps, ce n'est guère possible. Qu'il faut nécessairement en choisir un seul à la fois…

U.M. : N'y a-t-il pas besoin, malgré tout, pour alimenter le sentiment d'implication collective, de mobiliser un certain « romantisme », voire du « kitsch », comme a pu le faire le cinéma américain pour la conquête spatiale ? La « kitschification » est certes une caricature, mais elle touche « les cœurs et les esprits », comme vous dites. En un mot : n'a-t-on pas besoin de réalisateurs et de poètes pour romantiser la science ?

T.P. : Si, sans doute, la question du récit, du storytelling, importe beaucoup, encore plus aujourd'hui à l'époque des réseaux et du streaming continu. Même si la réalité n'est pas vraiment sexy, il y a toujours moyen de la romancer, de la rendre attractive, émouvante ou que sais-je – c'est un talent à double face qu'ont notamment les Américains.

Notre discussion m'amènerait surtout à formuler les choses ainsi : il me semble qu'on a besoin de grands récits, de démesures en tout genre, de forces qui nous dépassent. La totale immanence, ramener le monde à l'échelle individuelle, sans au-delà, ni promesse, ni salut, ni rien qui puisse nous embarquer, conduit sans coup férir à une sorte de pessimisme lourd qui risquerait même d'aboutir à son inverse : la ruée des esprits vers des idéaux délirants.

C'est aussi l'une des vertus de l'espace : il nous dépassera toujours. On ne peut pas faire preuve d'arrogance individualiste devant l'immensité spatiale, qui toujours nous ramène les pieds sur terre… même quand on est en apesanteur. Autrement dit, par opposition aux puissances militaires, aux démesures démographiques ou aux ambitions politiques des nations (qui peuvent nourrir l'hybris), le monde spatial est paradoxalement le lieu de l'anti-démesure : tout ce qui nous dépasse offre un étrange effet thérapeutique, nous ramène au raisonnable.

C'est pour ça, peut-être, qu'on rêve tellement de l'espace, des planètes et des étoiles… cet au-delà nous guérit de nos démesures trop humaines.

E.K. : On parle là de romantisme, de littérature, de récits aux effets psychiquement inflammatoires. Or, il me semble clair que la Lune n'a pas eu son Saint-Exupéry, n'en déplaise à Hergé avec Tintin ou à Jules Verne. À ma connaissance, aucun écrivain n'a été capable de dire après coup ce qu'a été, épiquement et littérairement, l'aventure de la Lune, de la même façon qu'Anatole France a pu raconter l'aventure révolutionnaire ou Zweig l'épopée démentielle de Magellan... Nous avons des photos, des récits, des documentaires, des films, mais aucun texte vraiment fondateur capable de marquer une bonne fois pour toutes la psyché collective. Cela tient peut-être à ce que de telles aventures sont *too much*, trop au-delà des possibilités limitées du langage.

T.P. : Des auteurs ont essayé d'écrire le récit de la conquête spatiale, mais ils se sont heurtés à une sorte de récit populaire qui s'est fait tout seul. Malgré Tom Wolfe et Andrew Chaikin[1], cette odyssée sensationnelle n'a peut-être laissé aucune œuvre littéraire d'envergure, et pourtant elle a imprimé l'imagerie collective ; tout le monde se figure l'aventure spatiale : ses vaisseaux, ses rituels, ses décors, ses

1. Le roman de Tom Wolfe, *The Right Stuff*, est paru en 1979 aux États-Unis et en français sous le titre *L'Étoffe des héros*. Andrew Chaikin a publié en 1994 *A Man on the Moon*.

enjeux, sa beauté... Les fusées ont rejoint notre imaginaire commun, avec plus ou moins de fantasmes, hyper-technologie céleste en quelque sorte à mi-chemin entre les avions et les dragons.

Bien des médias contribuent à entretenir le récit de l'espace : la presse, la radio, le cinéma, la télévision ; ainsi, je ne suis même pas certain qu'une histoire littéraire puisse véritablement s'imposer avec force dans ce grand récit déjà saturé. Nous verrons ce qu'il en sera, un jour ou l'autre, pour Mars. Ce sera phénoménal, l'aventure d'un siècle, voire bien plus (sous réserve qu'on n'ait pas oublié nos astronautes-cosmonautes-spationautes pendant leurs trois cents jours de voyage) ; ce jour-là, nous verrons bien comment l'histoire se racontera.

Mais vous savez : il est aussi possible que cette nouvelle aventure n'intéresse personne. Nous vivons dans une ère tellement fictive, tellement virtuelle, que même les exploits du réel font souvent pâle figure. L'irréalité générale menace d'être plus réelle que notre réalité.

E.K. : Je pense que nous pouvons aussi faire confiance pour l'avenir à ce qu'apporteront les femmes, qui ont été jusque-là sous-représentées dans tous les domaines de la science et de la conquête spatiale...

T.P. : C'est un sujet essentiel, mais c'est évidemment difficile d'y répondre ici, entre hommes...

il faudrait surtout donner la parole aux intéressées. De nombreuses femmes astronautes ou scientifiques ont publié leur récit, il existe même des films comme l'excellent *Proxima* d'Alice Winocour, qui s'est inspirée du contexte de ma première mission pour traiter le sujet d'un point de vue plus féminin. Il est certain que les femmes manquent cruellement dans les métiers scientifiques : elles sont dans l'aéronautique encore moins nombreuses que la moyenne en ingénierie, qui oscille autour de 25 % en France. Pire, elles ont longtemps été invisibilisées : un film comme *Les Figures de l'ombre* raconte très bien à quel point elles ont pris part au programme Apollo, parfois dans des rôles cruciaux, en étant mises à l'écart par le storytelling officiel et médiatique. La seule réflexion que je me permets sur le sujet, c'est : comment changer cela ? On ne va pas ici se lancer dans une discussion du pour ou contre les mécanismes de compensation, mais c'est certain qu'en termes de représentation il faut absolument amorcer la pompe : s'il n'y a pas (ou trop peu) de femmes astronautes, scientifiques, pompiers ou chefs d'entreprise, les petites filles ne se projetteront pas vers ces carrières (je vois assez d'enfants avec des étoiles dans les yeux pour savoir que c'est là que tout se joue), et nous n'aurons jamais assez de femmes dans ces métiers, avec ce que ça représente de perte (se priver de 50 % des compétences de la population)… Il faut donc commencer par briser le cercle vicieux. Une fois que cette pompe fonctionnera à plein, et que des femmes réaliseront (par exemple) de belles missions spatiales suivies par toutes et tous, la société suivra (les jouets, les films, etc.) et il sera naturel pour les filles de se diriger vers ces carrières où la différence de genre sera de moins en moins perçue… et alors, plus besoin d'un quelconque mécanisme pour assurer la place des femmes, qui s'imposera telle l'évidence qu'elle devrait être. En attendant, avec Étienne, comme nous sommes scientifiques et que nous regardons les données, notamment numériques, c'est intéressant de noter que la promotion d'astronautes de la NASA en 2013 comportait 4 hommes et 4 femmes, atteignant la parité pour la première fois de l'Histoire… on ne peut qu'espérer que la tendance continue, car cela devrait devenir la norme ! Les critères pour les sélections sont d'ailleurs aujourd'hui rigoureusement les mêmes pour les femmes et les hommes (après avoir longtemps donné l'avantage à ces derniers), et Claudie Haigneré ou Sophie Adenot ne doivent leur sélection qu'à leur talent (que Sophie va brillamment démontrer en 2026 en volant vers l'ISS).

Évidemment, quand on parle des inégalités, il faut aussi se pencher sur d'autres cas de minorités (ou de groupes traités comme des minorités, comme dans le cas des femmes) : tous les astronautes européens ont été blancs (notamment chez les Français : 10 individus sur 10), alors que les diversités visibles s'élèvent à 15 ou 20 % en France, selon les estimations de chercheurs. Au fur et à mesure que l'exploration spatiale progresse, et que de plus en plus de gens sont allés dans l'espace, il faudra peut-être veiller à être représentatif, et à inspirer tout le monde !

Chapitre IV

Ciel saturé, futur incertain

U.M. : J'aimerais que l'on prenne la mesure d'un fait trop souvent relégué aux marges : le ciel n'est plus vide. Depuis l'aube de l'ère spatiale, l'orbite terrestre s'est peu à peu saturée de débris. Selon l'ESA, on recense aujourd'hui plus de 36 000 objets de plus de dix centimètres en orbite, 1 million entre 1 et 10 centimètres, et quelque 150 millions de fragments inférieurs au centimètre, pour une masse totale de plus de 9 500 tonnes.

Au-delà des chiffres, il y a un vertige : celui d'un ciel devenu encombré, opaque. Le moindre éclat d'aluminium lancé à des vitesses orbitales peut y devenir un projectile mortel. L'effet Kessler[1] ne

1. L'effet Kessler, formulé en 1978 par le chercheur de la NASA Donald J. Kessler, désigne un scénario dans lequel la densité de débris en orbite devient telle que chaque collision génère de nouveaux fragments, provoquant une réaction en chaîne qui rend certaines orbites inutilisables.

serait plus alors une hypothèse de science-fiction mais une menace effective ? Cette pollution invisible mais croissante signe-t-elle déjà la fin d'une innocence spatiale ?

E.K. : Il est vrai que nous autres qui sommes des « poussières d'étoiles » exportons symétriquement une partie de notre « poussière » là-haut… On a dans le passé comparé l'atome à un système planétaire, le noyau jouant le rôle du soleil, les électrons celui des planètes. Filant la métaphore et méprisant la vérité des échelles de distance, tout se passe en somme comme si la Terre devenait à son tour un petit système planétaire, elle-même jouant cette fois le rôle du soleil et ses débris spatiaux le rôle des planètes…

Pour être franc, je viens là mettre mon grain de sel sur un sujet à propos duquel je suis scandaleusement incompétent. Je sais seulement que certains débris retombent tandis que d'autres deviennent des carcasses errantes, des corps inertes livrés à leur seule dérive, sans cap ni contrôle. Ils tournent là-haut tels des somnambules sans finalité ni destination. On pourrait presque y voir une armée des ombres : fragments d'un progrès devenu sourd à lui-même, rémanences fantomatiques de missions oubliées, flottant à la lisière de l'atmosphère terrestre comme un cimetière sans stèle.

Enfin, plus prosaïquement, j'ai cru comprendre que cette saturation orbitale engendre des problèmes de visibilité dont se plaignent les astronomes : en raison de cette pollution humano-céleste, certaines bandes de fréquence sont rendues opaques.

T.P. : Contre toute attente, ce sujet de « pollution orbitale » reste relativement marginal dans les questions qu'on me pose, et surtout il fait l'objet de beaucoup de contresens et de clichés. Je commencerai, si vous me permettez, par en relever un dans notre discussion : celui de « pollution spatiale » ou « déchets spatiaux ». Disons d'abord que, bien sûr, en Europe, nous nous donnons les normes les plus strictes pour nos missions en termes d'impact environnemental et que, s'il y a bien un domaine qui ne cautionne pas la prolifération des débris spatiaux, c'est le nôtre, celui des agences européennes comme l'ESA et le CNES.

En vérité, si nous voulions être exacts, il ne faudrait parler ni de pollution ni de déchets stricto sensu, et les définitions importent. Selon le Robert, polluer : « Altérer un milieu naturel par des déchets et des substances toxiques. » Selon le Larousse : « Dégrader le milieu naturel en y introduisant des matières ou énergies nuisibles à la santé et à l'environnement. »

Alors, pour y voir clair, on se rapporte à la définition de « Milieu naturel », je cite : « Un ensemble de conditions physiques, chimiques, climatiques, biologiques, existant dans un lieu donné sans intervention humaine et qui constitue un environnement de vie d'espèces animales, végétales ou microbiennes. »

Et c'est là que le bât blesse ! Car, dans l'espace orbital (c'est-à-dire la zone périterrestre), on ne trouve aucune vie, pas le moindre signe d'espèce quelconque : c'est un milieu complètement inerte, mort, un vide total (je ne parle pas, bien sûr, de l'ensemble de l'espace, et notamment des planètes elles-mêmes, mais de cette région intermédiaire, l'éther, où gravitent les satellites humains, l'ISS et les débris à la périphérie de la Terre). Ce qui se retrouve alors en dérive dans ce vide, ce sont dans l'immense majorité des cas des objets inertes : boulons, fragments de ferraille, carcasses de satellites…

Voilà qui déjà déplace très légèrement l'acception traditionnelle : de la matière inerte dans un milieu sans vie ne correspond pas précisément à la définition d'une pollution, puisque aucune condition de vie n'est dégradée dans ce cas-ci. On ne déverse pas du poison dans un ruisseau peuplé de poissons et de végétation, ni un gaz nocif dans l'atmosphère, mais du fer dans du néant où ne s'accroche aucune vie. La qualité de l'espace en ce sens n'est pas abîmée ou altérée (comme on dirait qu'une qualité de l'air se dégrade). Rien ni personne n'est touché : ni insectes, ni oiseaux, ni plantes ou bactéries, pas de pluie acide à redouter, puisque, encore une fois, il n'y a rien ni personne.

Ensuite, pour pinailler encore un peu sur le lexique, nous devrions davantage parler de débris que de déchets pour la même idée : l'humanité n'est pas en train de balancer ses vieux pneus dans une décharge (ce qui, dans ce terrible cas de figure, ferait infuser du plastique dans la terre ou dans les eaux naturelles) ni de jeter de l'huile de vidange ou ses ordures au bord de la route. Il s'agit plutôt, dans le cadre des débris en orbite, de pièces détachées qui ont continué leur trajectoire dans le néant.

Les débris encombrent, les déchets polluent. Or, le problème de taille que vous souhaitez qu'on aborde là est bien plus celui de l'encombrement que de la pollution spatiale. Il est important de dire tout cela en préambule, pour éviter d'exporter les problèmes de la Terre dans un territoire qui n'a rien à voir et qui porte ses propres enjeux.

E.K. : Mais parlant ainsi, nous faisons comme si nous étions déjà des habitants du ciel, finalement…

T.P. : En effet. Alors que, d'une certaine manière, les débris spatiaux ne constituent un véritable problème que pour ceux qui s'aventurent dans l'orbite terrestre, autrement dit : pour les astronautes et les satellites – même si, comme le rappelle Étienne, ils gênent aussi les cosmologues, tournés vers les confins de l'Univers, et dont le regard est gêné par ces miettes mécaniques qui gravitent à basse altitude.

La pollution, sur Terre, engage la vie et, par là, nous concerne toutes et tous. Elle abîme des écosystèmes, contamine des milieux, met en péril des espèces. Le simple fait de laisser traîner un emballage sur une montagne, un mégot sur une plage, a un effet cumulatif délétère qui va impacter des plantes, des animaux, et, ultimement, nous. Chaque geste contribue à la dégradation d'un monde habité.

Dans l'espace, il en va autrement. Les débris participent davantage d'une sorte de trouble à l'ordre spatial par leur encombrement qu'à une quelconque dégradation d'un biotope.

Il arrive bien sûr que certains de ces objets retombent vers la Terre, la majorité de ceux en orbite basse le feront systématiquement un jour. Dans de rares cas, ils contiennent encore des résidus gazeux ou des matériaux partiellement intacts – mais l'immense majorité, notamment les plus petits, se consume intégralement en entrant dans l'atmosphère. Seuls les plus massifs peuvent survivre en partie à cette rentrée, d'où l'existence, quand on prévoit ce cas de figure, de cette vaste zone d'impact dans le Pacifique, cimetière très occasionnel des engins spatiaux, qu'ont atteint quelques morceaux de la station *Mir* quand on l'a désorbitée.

Cela dit, ce cas de figure ne se pose que rarement, le danger principal ne vient donc pas de ces chutes spectaculaires, mais de l'encombrement croissant au-dessus de nos têtes. La place là-haut n'est pas infinie. Il faut encore préciser les échelles : les objets désaffectés errent en majorité un peu plus haut que l'ISS (entre 700 et 1 000 kilomètres d'altitude), et depuis cette orbite tout de même très basse, ils finiront à terme par être à nouveau attirés par la Terre et par brûler dans l'atmosphère – ça tombe bien, c'est le seul moyen de s'en débarrasser. Bien plus loin, à 36 000 kilomètres d'altitude, existe une orbite géostationnaire où gravitent environ 20 000 objets désaffectés pour le moment. Cette orbite est trop éloignée de notre planète pour une quelconque rentrée naturelle ou même forcée de ces objets. Cette ceinture géostationnaire menace donc bel et bien de devenir une traîne d'objets oubliés qui s'entassent avec le temps, à mesure que les satellites épuisent leur carburant, ou tombent en panne, ou sont en fin de vie. Les emplacements, primordiaux pour tous les satellites de communication, s'y font de plus en plus rares.

Dans le fond, s'il fallait apporter une première conclusion à ces développements, je pourrais dire :

l'homme ne nuit pas à la nature là-haut, mais il se gêne lui-même. Il n'a pas colonisé l'espace qu'il y sème déjà ses résidus, dans une forme d'auto-pollution, inerte, sans drame écologique… mais qui dit beaucoup sur notre manière d'habiter un lieu : même vide, même inhabité, nous le rendons impraticable…

Allons plus loin ! Dans les médias et dans certaines communications d'agences aérospatiales, on voit se répandre l'image virale d'une Terre parasitée de petits points blancs en gravitation, sorte de nuée artificielle qui représenterait notre saturation orbitale. Voilà qui donne le vertige, car on a bel et bien l'impression, à la vue de cette image, d'être cernés, pris au piège – comme si notre globe ne pouvait plus échapper à cet essaim de mouches monstrueuses ; suffocation métallique, brouillard cognitif et brouillage symboliques, nous avons toutes et tous désormais cette image imprimée dans la rétine.

Pourtant, elles sont factuellement fausses. Pour les besoins de l'effet visuel, pour rendre à la fois visible et peut-être spectaculaire l'effet représentatif, les échelles ont en vérité été largement faussées, c'est inévitable. Les points blancs qu'on voit dans ces visualisations ne correspondent en rien à la taille réelle des débris. Prenons un exemple : un « pixel de pollution » sur ces images peut représenter, à l'échelle de la Terre, un diamètre de 100 à 200 kilomètres… alors que, dans la réalité, le débris évoqué est parfois un simple éclat métallique de deux centimètres, issu d'un ancien étage de fusée ou d'un panneau solaire érodé. Mais comment représenter ce minuscule fragment sur une carte terrestre où la planète mesure plus de 12 700 kilomètres de diamètre ? Ce serait comme vouloir dessiner un acarien sur une feuille A4 – encore que l'acarien, par comparaison, est bien plus massif.

Oui, le ciel est cerné – mais cerné d'objets minuscules, disséminés, parfois invisibles au radar – et le ciel est immense. Comme notre propre peau est recouverte de bactéries qu'on ne voit jamais, sauf quand une publicité de gel antiseptique décide de les rendre visibles sous forme de taches verdâtres ou rougeâtres, exagérées et inquiétantes. Ce procédé visuel, destiné à provoquer une réaction (un frisson, une angoisse, une prise de conscience) est le même que celui utilisé pour évoquer la « pollution orbitale ». Le nuage de débris qui entoure notre planète est donc, pour une bonne part, une construction mentale, un effet publicitaire qui dramatise l'environnement spatial.

On se figure alors les astronautes devant slalomer entre les carcasses de satellites comme dans un vieux jeu vidéo d'arcade ou dans un film catastrophe. Or, dans les faits, la densité réelle est extrêmement faible. Selon les données du *Space Surveillance Network* américain ou du *Space Situational Awareness* européen, la plupart des objets détectables sont séparés par des centaines, voire des milliers de kilomètres. Un boulon ici puis, 800 kilomètres plus loin, un autre. Nous avons littéralement tout l'espace pour passer.

La route spatiale n'est pas un champ de mines. Ce n'est pas un parcours d'obstacles permanent, ni une jungle orbitalisée. Les trajectoires sont surveillées, modélisées, anticipées avec une grande précision et les manœuvres d'évitement, quand elles sont nécessaires, restent rares. Il ne faut donc pas confondre vigilance et panique, réalité physique et dramatisation graphique.

E.K. : Par ces remarques, on comprend bien la puissance de nos biais de représentation. Mais connaît-on aujourd'hui la répartition en altitude de ces débris ?

T.P. : Oui, on la connaît assez précisément. Il existe des statistiques non seulement sur l'altitude à laquelle se trouvent les débris, mais aussi sur l'inclinaison dc leurs orbites – c'est-à-dire l'angle que forme une orbite avec l'équateur terrestre. Ces deux paramètres, altitude et inclinaison, jouent un rôle fondamental dans la dynamique des objets en orbite.

En particulier, ils influencent ce qu'on appelle la ligne des nœuds : c'est la ligne imaginaire qui relie les deux points où une orbite coupe le plan de l'équateur. Le nœud ascendant, c'est le point où un satellite franchit l'équateur en direction du nord ; le nœud descendant, c'est l'inverse, quand il redescend vers le sud.

Et cette ligne des nœuds… elle tourne. Elle tourne lentement dans l'espace, à cause de l'aplatissement de la Terre. Car la Terre n'est pas une sphère parfaite : elle est légèrement aplatie aux pôles et plus « dodue » à l'équateur – comme l'homme, pourrait-on dire, a tendance à l'être à la ceinture…

La Terre étant plus massive autour de l'équateur, cette masse supplémentaire exerce une influence gravitationnelle sur les orbites. Résultat : la ligne des nœuds se décale, elle pré-cessionne, c'est-à-dire qu'elle tourne lentement sur elle-même au fil du temps. Et ce mouvement dépend précisément de l'altitude et de l'inclinaison de l'orbite.

Il y a un type d'orbite très particulier, qu'on appelle orbite héliosynchrone. C'est une orbite polaire inclinée à quasiment 90 degrés, située généralement entre 600 et 800 kilomètres d'altitude, conçue de telle façon que la ligne des nœuds tourne exactement au même rythme que la Terre tourne autour du Soleil. Concrètement, ça signifie que le satellite passe toujours au-dessus d'un même point de la Terre à la même heure solaire. Pour les satellites d'observation de la Terre (météo, agriculture, climat, imagerie), c'est extrêmement précieux car cela garantit des conditions d'observation constantes et répétées !

Mais voilà : comme cette orbite est très avantageuse, elle est très fréquentée. Et donc, forcément, elle devient aussi plus vulnérable en cas de dispersion de débris. C'est là que les risques de collision sont les plus concentrés.

Donc, oui, il y a des zones orbitales où la densité de débris est un vrai sujet d'attention. Mais ce n'est pas un problème quotidien, ni une sorte de smog spatial permanent. Pour vous donner une idée : en plus de vingt ans d'existence de la station spatiale internationale, nous n'avons eu à effectuer que trois manœuvres d'évitement jusqu'en 2021… C'est dire que le risque est surveillé mais pas omniprésent.

En revanche, ce qui pose problème, ce sont les destructions délibérées de satellites. Quand un satellite est pulvérisé (que ce soit à la suite d'un tir antisatellite ou d'une collision accidentelle extrêmement rare), il libère un nuage de fragments. Ces débris se dispersent et, selon leur taille et leur vitesse, peuvent rester en orbite pendant des années avant de retomber dans l'atmosphère et se désintégrer. Pendant ce temps-là, ils encombrent particulièrement les orbites basses (entre 300 et 1000 kilomètres d'altitude) qui sont déjà les plus utilisées.

Donc, le vrai danger, ce ne sont pas les boulons isolés : ce sont les nuages de débris issus d'événements destructeurs, qui saturent temporairement certaines orbites très actives (avant finalement eux aussi de retomber avec le temps).

Un autre point, pour être encore un peu plus précis : en orbite basse, les objets se déplacent nécessairement, sans choix possible, car la physique l'impose, à une vitesse extrême (environ 28 000 kilomètres par heure pour l'ISS, par exemple). C'est entre sept et huit fois plus rapide qu'une balle de fusil à sa sortie du canon. À ces vitesses-là, un débris d'un centimètre devient un véritable missile de croisière (il a une énergie folle). Mais surtout, il faut imaginer ce que cela implique pour qu'une collision se produise : deux objets minuscules qui pourraient, dans un cas extrême, se croiser à une vitesse relative de plus de 50 000 kilomètres par heure… C'est à peu près comme si deux tireurs postés à deux extrémités de la France – disons Brest et Strasbourg – visaient chacun le ciel avec un fusil à hyper-propulsion, en espérant que leurs projectiles, lancés à Mach 25, se percutent quelque part au-dessus de Clermont-Ferrand ! Quelles seraient les chances de réussite d'une telle manœuvre ?

Autant dire que la probabilité est infinitésimale. La collision est, en pratique, très peu probable sans scénario délibéré ou défaillance grave de coordination. Ce qui se joue également dans ces chiffres, le revers de la médaille, c'est bien la difficulté extrême d'agir depuis une orbite sur une autre… Les vitesses de croisement et l'immensité de l'espace rendent les collisions improbables, certes, mais elles rendent aussi toute action mécanique impraticable (capturer avec un bras robotique, un filet, etc.). À moins d'un lancement spécifiquement dédié à un objet en particulier (sur une orbite particulière) et une dépense d'énergie folle.

Les ordres de grandeur de l'espace n'ont décidément rien à voir avec nos référents familiers. On a tendance à projeter nos repères terrestres, humains et sensoriels sur des réalités physiques qui s'en échappent radicalement.

Même si l'on revient à une échelle plus proche de nous, les analogies sont éclairantes : chaque jour, près de 100 000 vols commerciaux sillonnent le ciel terrestre, dans une tranche d'altitude d'à peine quelques kilomètres d'épaisseur, avec une densité d'aéronefs qui fait passer l'orbite basse pour un désert. Et pourtant, les collisions sont quasi inexistantes, précisément parce que tout est modélisé et anticipé, c'est-à-dire parfaitement maîtrisé. Ce n'est pas le chaos : c'est de l'ingénierie et un calcul permanent.

Alors oui, les débris sont un sujet. Mais la simple idée qu'ils se télescopent en permanence comme dans une course-poursuite de science-fiction est un fantasme. La réalité est à la fois plus complexe et bien moins dramatique qu'on ne l'imagine. Surtout : le meilleur moyen – le seul, pourrait-on dire – de lutter contre la prolifération des débris spatiaux, c'est bien… de ne pas en produire : fins de vie des satellites prévues avec assez de carburant pour désorbitation, interdiction des tirs antisatellites, etc.

U.M. : Je me demande si, en vérité, la vision que nous nous faisons de cette « pollution spatiale » n'est pas surtout liée aux méga-constellations de satellites, aux projets de SpaceX, d'Amazon et des autres agences concurrentes qui, elles, viennent saturer et polluer l'orbite basse ? En fait, je ne crois pas que l'imaginaire collectif s'en prenne trop aux micro-débris comme les boulons : on songe plutôt à l'industrie satellitaire.

T.P. : Absolument, c'est très juste ! La seule forme de pollution qui en est vraiment une, dans mon petit totalitarisme lexical, c'est la pollution visuelle et lumineuse. Les vagues de Starlink dans la focale, si vous me permettez l'expression, on les sent passer ! Les observateurs du ciel, qu'ils soient astronomes professionnels ou amateurs, sont de plus en plus dérangés par ces trains de satellites, qui rayent littéralement les images longue pose, déforment les données et perturbent les trajectoires de la lumière.

Et ce phénomène ne fait que s'amplifier, parce qu'on est entré dans une sorte de ruée vers l'orbite basse. Une compétition planétaire, géopolitique, autour des méga-constellations satellitaires. Ce sont en effet ces constellations, par le nombre de leurs satellites et leur omniprésence, qui donnent une visibilité permanente depuis le sol, et donc les possibilités de navigation ou de communication sans entrave… sans lesquelles on ne sait plus fonctionner.

Ce ne sont plus seulement des projets d'entreprises privées comme SpaceX avec Starlink, ou Amazon avec Kuiper. Ce sont aussi des stratégies nationales.

La Chine a lancé son propre programme de méga-constellation, baptisé Guowang (« Réseau national »), avec l'objectif d'envoyer plus de 13 000 satellites d'ici la fin de la décennie.

L'Inde n'est pas en reste : l'entreprise OneWeb India (fruit d'une collaboration avec Bharti Global) prévoit de déployer une couverture Internet via l'espace, et Reliance Jio, une autre entreprise indienne de télécommunications, travaille également à sa propre constellation.

Quant à l'Europe, elle s'est lancée dans le projet IRIS[2] (*Infrastructure for Resilience, Interconnectivity and Security by Satellite*), une constellation souveraine destinée aux communications sécurisées, civiles et militaires, avec une mise en service prévue vers 2027.

Tout cela s'ajoute à un espace déjà très fréquenté. Des dizaines de constellations, publiques ou privées, nationales ou commerciales, se greffent peu à peu à l'orbite basse, qui devient un bien commun saturé ; une sorte de Far West technologique, mais au-dessus de nos têtes.

Alors, que faire ? On peut bien sûr s'indigner, adopter une posture morale – ce qui est louable, mais rarement efficace. L'autre option, plus exigeante, c'est de prendre part aux discussions, d'être autour de la table des négociations. Pas seulement en tant que spectateurs, mais en tant qu'acteurs : comme nations, comme agences et communauté scientifique. L'espace ne peut pas être un no man's land juridique ni une jungle économique, c'est une évidence. Mais il faut en être acteur pour avoir voix au chapitre.

E.K. : J'aimerais alors savoir si je me trompe en utilisant l'analogie suivante : les satellites qui tournent sur des orbites particulières seraient l'équivalent des niveaux quantiques pour les électrons qui orbitent autour des noyaux d'atomes.

Dans le modèle dit « de Bohr », il y a en effet des niveaux d'énergie très particuliers, associés à des orbites très particulières, qui sont les seuls à être autorisés pour les électrons. Tous les autres niveaux sont interdits. En clair, dans l'espace entre les orbites autorisées, il n'y a rien d'autre que du vide. D'où cette question : est-ce que je peux dire que les débris spatiaux, pouvant aller à peu près n'importe où, viendraient « coloniser » les zones de l'espace qui séparent les orbites des satellites ?

T.P. : Disons qu'il faut se figurer en effet les véritables espaces de vides entre les différentes orbites. Ce qu'on qualifie d'orbite basse gravite entre 300 et 1 000 kilomètres ; ensuite, on trouve les orbites des GPS, vers 2 000 kilomètres ; puis la ceinture géostationnaire, encore bien plus haut, à 36 000 kilomètres de la Terre, comme on l'a dit.

Il faut alors vraiment insister, dans ces grands espaces vides, sur la probabilité tellement infinitésimale d'une collision ou d'une rencontre entre deux corps.

E.K. : Nous venons d'évoquer les biais de représentation. Je crois que nous pourrions aussi mettre l'accent sur les biais géométriques, qui sont eux aussi spectaculaires. Il y a un petit problème que je m'amuse souvent à poser à toutes sortes de publics. Le voici : imaginons que la Terre soit un cadeau d'anniversaire et qu'on l'entoure entièrement avec un ruban bien tendu, qui épouse parfaitement sa circonférence au niveau de l'équateur. Sa longueur sera donc en gros égale à 40 000 kilomètres.

Puis on coupe ce ruban et on lui y ajoute un mètre de longueur. Voilà : juste un mètre de mou. La question est alors : de combien doit-on surélever ce ruban tout autour de la surface terrestre pour qu'il soit à nouveau tendu ? Je demande qu'on réponde à cette question de façon intuitive, sans poser d'équations. Et invariablement, on me propose des ordres de grandeur minuscules : un micron ici, un nanomètre là, voire un milliardième de millimètre…

Or la bonne réponse est… 16 centimètres !

Oui, 16 centimètres de surélévation autour de toute la Terre pour absorber un simple mètre de ruban supplémentaire ! Encore plus surprenant : ce résultat est indépendant de la taille de la sphère que le ruban entoure. Que vous entouriez un petit pois, une orange, un ballon de foot, la Terre ou Jupiter, si vous ajoutez un mètre au ruban, il faudra toujours le surélever de 16 centimètres pour le tendre à nouveau. Idem pour l'ISS : si l'on voulait qu'elle parcoure un mètre de plus à chacune de ses rotations autour de la Terre, il faudrait là encore augmenter le rayon de son orbite, donc son altitude, de 16 centimètres.

La démonstration est très simple.

On connaît la formule donnant la circonférence C d'un cercle de rayon R :

$C = 2\pi R$

Si on ajoute un mètre à la circonférence, elle devient :

$C + 1 = 2\pi(R + a)$,

où a est l'élévation que l'on cherche.

Il suffit de résoudre l'équation :

$2\pi R + 1 = 2\pi(R + a)$

$1 = 2\pi a$

$a = 1/2\pi \approx 0{,}159$ m, soit environ 16 centimètres, qui correspond tout simplement au rayon d'un cercle dont la circonférence vaut un mètre. Bref, si l'on ajoute l'une à l'autre les circonférences de deux cercles pour en faire un troisième, le rayon de ce dernier sera égal à la somme des rayons des deux premiers.

Ce genre d'exercice montre que nous pouvons parfaitement connaître des formules mathématiques et être surpris lorsque nous constatons ce qu'elles impliquent. L'étrange surgit ainsi sans crier gare, au coin d'un petit calcul...

T.P. : Je ne sais pas si j'aurais su répondre !

U.M. : Et parfois, il suffit d'un mètre de trop pour soulever toute une planète ! Que pensez-vous du projet d'une « écologie interstellaire » ? Est-ce une chose envisageable ? Et même souhaitable à vos yeux ?

T.P. : Quand on se rend sur un corps stellaire, quel qu'il soit (la Lune, Mars ou autre), on ignore encore franchement ce qui s'y trouve : des bactéries fossiles ? Des formes de vie larvées, enfouies sous la surface ? Des écosystèmes souterrains que nous ne savons même pas encore détecter ? À ce titre, notre ignorance commande notre prudence. On ne protège bien que ce qu'on connaît, dit-on… Mais ici, il faut apprendre à protéger ce qu'on ne connaît pas. Il faudra, il faut déjà concentrer toute notre vigilance à ne rien altérer, à ne pas même risquer des destructions invisibles, silencieuses, inconscientes.

Très concrètement : un astronaute humain, comme tout être vivant, est un vecteur biologique ambulant. Il transporte avec lui des milliards de bactéries, de champignons, de micro-organismes sur sa peau, dans ses poumons, jusque dans son haleine. Le moindre souffle, la moindre particule échappée d'une combinaison mal scellée pourrait, en théorie, contaminer irrémédiablement un environnement vierge.

C'est pourquoi, depuis plusieurs décennies, les agences spatiales appliquent des protocoles de protection planétaire extrêmement stricts. Les rovers envoyés sur Mars (comme Perseverance ou

Zhurong) sont nettoyés, stérilisés, désinfectés au-delà de toute norme terrestre. J'oserais dire que c'est une stérilisation jusqu'à la moelle : les composants internes sont chauffés, purgés, traités chimiquement pour éliminer tout germe potentiellement embarqué depuis la Terre !

Et cela ne concerne pas seulement la planète visitée. Il y a aussi la question du retour. Si un jour nous rapportons des échantillons de Mars ou d'un astéroïde, il faudra absolument éviter une contamination inverse, dite rétrograde. Le moindre organisme martien (s'il en existe) pourrait, en théorie, bouleverser nos équilibres écologiques, médicaux ou virologiques, par exemple… On a tous en tête les scénarios-catastrophes façon *Le Mystère Andromède*[1] – mais, sans aller jusque-là, le principe de précaution devient ici un impératif catégorique.

En réalité, c'est un basculement culturel qui s'opère. On ne considère plus les planètes comme des terrains conquis, mais comme des écosystèmes potentiels ; des lieux qui doivent être abordés avec

1. *Le Mystère Andromède* (*The Andromeda Strain*), réalisé par Robert Wise (1971), est un thriller de science-fiction adapté de *La Variété Andromède*, roman de Michael Crichton qui met en scène une équipe de scientifiques luttant contre un agent pathogène extraterrestre échappé d'un satellite crashé sur Terre ; le film fut nommé aux Oscars pour ses effets visuels et son décor innovant.

la même humilité qu'une forêt primaire ou qu'un fond océanique intact.

Une écologie interplanétaire, si l'on veut. Cela exige de repenser entièrement nos réflexes d'ingénieur, d'explorateur et de conquérant. Et de nous poser une question fondamentale : sommes-nous capables d'explorer sans altérer ? D'observer sans corrompre ? De fouler un sol sans y laisser d'empreinte ?

C'est peut-être là, au fond, que se jouera notre vraie maturité spatiale. Non pas dans la capacité à poser le pied quelque part… mais dans celle de le retirer sans avoir tout sali.

U.M. : Ce que vous décrivez, Thomas, ressemble à une écologie spatiale fondée sur un principe de retenue, presque de non-ingérence – comme si nous commencions enfin à appliquer à d'autres mondes une conscience que nous peinons encore à avoir pour le nôtre. Cela me ramène à la Terre, justement. Vous avez pris, je crois, plus de 245 000 photos de notre planète depuis l'espace. Qu'est-ce que vous cherchiez à capter ou à sauver à travers cette frénésie d'images ? Était-ce une manière de répondre, à votre façon, au « souci du monde » dont nous parlions dans un autre chapitre ?

T.P. : C'est ce qu'on appelle en bon français l'*overview effect*, cette épiphanie de là-haut qui nous révèle la fragilité du monde. Elle ne frappe pas tout le monde, évidemment ; moi, elle m'a traversé et je l'ai exprimée par la photographie. C'était, dirai-je, ma première écologie. Une fascination du regard, une éducation de l'attention.

Et puis, au fil des mois dans l'ISS, on ne cherche plus les mêmes choses car on ne regarde plus tout à fait de la même manière ; le premier regard, donc les premières photographies, sont éblouies dans tous les sens du terme : à la fois on est fasciné comme un gosse, saisi d'un rush d'adrénaline, et alors on mitraille dans tous les sens avec l'objectif, attiré par le beau ; ensuite, si j'ose dire, on déromantise son regard, et c'est là qu'il se précise, qu'il s'aiguise. D'autres cibles, des visions nouvelles, plus pointues, parfois aussi plus inquiétantes, se révèlent. C'est une des explications à ces nombreuses photographies, et notamment à celles qui montrent l'impact de l'humain sur la Terre : pollution des mers et des rivières, fonte des glaces, lumières de Las Vegas, j'en passe… et des pires.

E.K. : Permettez que je profite de ce qui est dit là pour rappeler une chose qui me tient à cœur. À leur retour, les astronautes témoignent en général, et avec ferveur, de la beauté du monde, de la splendeur de la planète vue de là-haut, ce que je comprends parfaitement. Mais ce qui m'étonne, c'est que dans la foulée de cette légitime pulsion romantique, ils en viennent vite à parler de la *fragilité* de la Terre. C'est même une sorte d'élément de langage devenu obligatoire, d'image d'Épinal cuisinée à toutes les sauces. Je peine à lui donner du crédit, car cette prétendue fragilité ne peut être que métaphorique ou symbolique, voire simplement poétique : en tant que planète, la Terre n'est pas du tout fragile, contrairement, sans doute, à l'humanité à laquelle elle sert de vaisseau spatial. Je dirais même qu'elle est extrêmement forte et résistante, solide, tenace, pérenne, incassable et tout ce que vous voudrez. D'où vient alors qu'on la présente, dans les slogans et les discours, comme une petite sphère de cristal prête à voler en éclats ?

T.P. : C'est très juste. En fait, je crois qu'il s'agit seulement d'un abus de langage. Mais un abus révélateur.

J'aimerais tout de même tenter une réponse. Ce qui donne cette impression si saisissante de fragilité, à mon sens, c'est l'atmosphère. Cette pellicule invisible, légère, presque irréelle, qui enveloppe la Terre comme une rétine ou une bulle de savon en suspension. C'est elle, paradoxalement, qui fait office de rempart. Un rempart diaphane, translucide, posé là par miracle. Elle est notre gardienne, oui, mais une gardienne vulnérable, dénuée d'épaisseur. Un voile tendu sur l'abîme.

Et l'on connaît trop bien la précarité de cette couche ! Combien de fois entend-on parler, avec une angoisse chronique, du trou dans la couche d'ozone, comme si la Terre souffrait soudain d'une faille dans son système immunitaire... C'est cela, je crois, qui alimente l'imaginaire contemporain d'une planète en danger. Nous savons (du moins ceux qui observent la Terre d'en haut) qu'elle n'est pas si fragile. Elle n'est pas menacée en tant que planète, comme dit Étienne : elle nous survivra, de toute évidence, comme elle a survécu aux ères glaciaires et à la fin des dinosaures, laissant toujours à la vie le soin de renaître autrement. Elle nous survivra non seulement à nous, à nos industries, à nos guerres, mais aussi à bien des cataclysmes futurs. Elle a connu pire, et elle connaîtra pire ! La Terre encaisserait même, sans trop vaciller, un bombardement nucléaire généralisé : 1 million d'années après, il n'en resterait que peu de traces. Elle en ressortirait transformée, meurtrie peut-être, mais entière. Nous, beaucoup moins.

Si vous voulez mon avis, c'est une pensée profondément rassurante.

Je discutais récemment avec les équipes de *Curiosity* (notamment Sylvestre Maurice, un camarade de route, conducteur de rovers sur Mars !) et la discussion a bifurqué vers une hypothèse mentale, une sorte de petit vertige prospectif. Imaginons, disions-nous, que l'espèce humaine disparaisse entièrement de la surface terrestre. Une véritable apocalypse. La Terre, alors, poursuivrait sans nous sa route dans le cosmos, dérivant lentement vers les ères géologiques du très lointain futur.

Eh bien, figurez-vous que si, dans 200 ou 400 millions d'années, une nouvelle espèce, venue d'ailleurs et surgie d'une autre branche de l'évolution, se posait ici et entreprenait d'enquêter sur cette planète, la nôtre, à la manière d'un archéologue des temps profonds, il est tout à fait possible, et même probable, qu'elle ne parvienne pas à établir avec certitude qu'une vie intelligente s'y est un jour développée. Il y aurait certes un peu trop de carbone 12 par rapport au carbone 13, mais rien qui permette de vraiment conclure une fois l'érosion passée par là. Notre trace, à l'échelle des temps géologiques, est infinitésimale. La couche de la vie humaine (ses villes, ses autoroutes, ses porte-avions et ses centrales) est dérisoirement fine. On pourrait dire : surfacielle. Ou mieux encore : pelliculaire. *Homo sapiens* a représenté au maximum 300 000 ans sur les 4,5 milliards d'années de la Terre, soit 0,006 %.

Rien, ou presque rien, de notre présence n'est inscrit dans la roche. Nous n'avons pas imprimé nos gestes dans la mémoire géologique de la planète, dont chaque couche représente des millions, voire des centaines de millions d'années. C'est-à-dire : dans ses gènes, dans ses entrailles, dans son ADN minéral. Nous avons vécu à sa surface, comme sur une peau, sans jamais atteindre son ossature.

Ce sont bien sûr des hypothèses de pensée, des scénarios mentaux, ou même des méditations philosophiques.

En tout cas, une chose semble certaine : il y a un lieu où notre trace, elle, ne s'effacera pas. C'est la Lune. Là-bas, pas d'atmosphère, pas d'érosion, pas de vent ni de pluie pour raturer le passé. Ce que nous avons posé sur le sol lunaire (modules ou empreintes) y restera intact et potentiellement pour l'éternité ! Autrement dit : la Lune n'oublie pas. Et c'est peut-être elle un jour qui pourrait témoigner de nous à cette espèce du futur.

E.K. : Il faut en somme aller sur la Lune pour prouver qu'on a vécu sur Terre... Je trouve que c'est une façon à la fois séduisante et un peu glaçante de voir les choses : se rendre dans un lieu dépourvu de toute mémoire organique pour y déposer les traces définitives d'une vie qui s'est déployée en un autre endroit. Cela donne un sens très radical, à la fois ultra-physique et presque métaphysique, à l'expression que je citais tout à l'heure : « Aller se faire voir ailleurs »...

Mais, pour revenir à cette idée de fragilité, je voudrais m'arrêter un instant sur un aspect purement physique, presque banal mais qui me semble parlant. Prenons l'Everest, par exemple, pour changer !

Là-haut, à presque 9 000 mètres d'altitude, la pression atmosphérique est déjà réduite à un tiers de celle qu'on mesure au niveau de la mer. Ce simple fait permet déjà de deviner, et même de sentir, presque physiquement, la proximité des limites de notre cocon vital.

Notons à ce propos que les alpinistes sont des gens tout de même très étranges : accrochés à leur paroi, ils appellent « vide » le volume d'espace qu'ils surplombent, celui qui se déploie sous eux et dans lequel ils risquent de chuter. Or ce vide-là n'est pas vide du tout : il ne manque pas d'air, y compris lorsqu'il semble transparent et abyssal. Il en regorge même ! En réalité, c'est bien au-dessus des alpinistes que s'étend le vrai vide, un vide bien plus vaste. L'origine de la curieuse inversion sémantique qu'ils opèrent ainsi en appelant vide les zones de l'espace qui sont les moins vides se comprend aisément : luttant à chaque instant contre la gravité, ils en font spontanément l'arbitre de l'orientation du milieu dans lequel ils progressent. Finalement, leur poids « polarise » l'espace autour d'eux, en même temps que leur vocabulaire. Cela vaut d'ailleurs aussi pour tous les humains, qui n'ont pas le même rapport avec le haut qu'avec le bas.

Continuons maintenant notre ascension : à cent kilomètres d'altitude, là où commence le lieu de travail des astronautes, la pression de l'air n'est plus qu'un milliardième de la pression qui règne dans la pièce où nous nous trouvons. Et à 400 kilomètres d'altitude, là où l'ISS tourne sans se fatiguer, il n'y a quasiment plus d'air du tout. Si l'on y songe, il y a là quelque chose de topologiquement émouvant : l'essentiel de l'atmosphère ne constitue qu'une très fine peau dont l'épaisseur représente moins d'un millième du diamètre de la Terre. Elle est comme la cornée d'un œil. Cette simple donnée devrait nous inciter à davantage en prendre soin, par exemple en évitant d'y injecter trop de gaz à effet de serre. D'autant plus qu'il est clair que cette mince couche de gaz dans laquelle nous respirons est physiquement impossible à remplacer.

Grâce notamment aux photos prises par Thomas, je sais que, depuis l'ISS, l'atmosphère, on la voit ! On la voit, cette fine pellicule posée sur la courbure de la Terre comme une buée fragile. À l'échelle du cosmos, c'est un souffle, un murmure de matière. Le fait de la voir de là-haut fait sentir à quel point nous dépendons crucialement d'une chose infime, d'un volume ridiculement petit dans lequel règne un équilibre extraordinairement précaire. Trop l'abîmer serait comme percer un scaphandre en pleine plongée.

C'est sans doute cette prise de conscience – finalement, nous dépendons d'un rien – qui fait naître à la fois l'angoisse et le sentiment de responsabilité.

T.P. : Oui, la comparaison avec la cornée de l'œil me semble très juste. La Terre immense, avec ses innombrables richesses, ses montagnes colossales, ses forêts primordiales, ses océans insondables, ses peuples, sa diversité biologique, culturelle, géologique, tient tout entière sous ce mince dôme transparent, de l'épaisseur d'un cheveu.

Malgré cette évidence et à cause de notre cécité, on l'endommage d'une manière tragique. Depuis là-haut, on le voit très concrètement. Par exemple, les mégafeux, ces incendies monstrueux qui ravagent des régions entières, prennent, vus de l'espace, une dimension impressionnante. En 2021, quand la Californie a été frappée par des feux d'une intensité exceptionnelle, nous avons vu, depuis l'ISS, un immense tapis de fumée s'élever lentement au-dessus des forêts, recouvrant les champs, les villes, jusqu'à tout engloutir sous une nappe sombre et homogène. On aurait dit une scène d'apocalypse.

Mais ce qui m'a le plus frappé, c'est que les cendres issues de ces feux, portées par des courants ascensionnels, sont montées si haut (jusqu'à la stratosphère, en tout cas jusqu'à sa lisière) qu'elles se sont retrouvées bloquées à 15 ou 20 kilomètres d'altitude. On a vu ces fins nuages gris sombre suspendus dans le haut de l'atmosphère comme s'ils s'étaient heurtés à une paroi invisible. C'était incroyable : la brume semblait là se fracasser à une sorte de plafond, à une limite.

Cette vision lointaine d'une couche opaque et poisseuse, plaquée comme une gangue sur le toit du monde, sur la cornée de l'œil si fragile, m'a vraiment marqué, c'était glaçant. Peut-être qu'on ne peut pas regarder ce genre de scène sans y lire d'une certaine manière un avertissement !

U.M. : On sait que des entreprises ou des agences comme SpaceX ou la NASA investissent massivement dans des technologies destinées à rendre possible, un jour, une présence humaine sur Mars : je pense notamment aux combinaisons de nouvelle génération, capables de résister à des conditions extrêmes.

Mais un autre scénario peut venir à l'esprit : et si ces recherches, plutôt que de préparer la conquête de Mars, préfiguraient en réalité un retour contraint vers notre propre planète ? Autrement dit : et si les outils mis au point pour survivre dans l'espace visaient en fait, à terme, à rendre habitables les zones devenues inhospitalières de la Terre elle-même (les déserts, les zones polaires, les terres rendues invivables par le climat) ?

La recherche spatiale, dans cette hypothèse, ne serait plus une échappatoire, mais une manière d'anticiper l'inhabitabilité croissante du monde. Est-ce une vision absurde ou au contraire lucide ?

T.P. : Ce que nous faisons fondamentalement, c'est de la recherche et de l'exploration : deux dimensions complémentaires mais pas toujours synchrones. Les objectifs s'y croisent nécessairement, et les avancées de laboratoires sont applicables aussi bien à l'espace qu'à la Terre, tout à fait. Ainsi, en parallèle du temps long de la recherche, la dimension exploratoire a une portée bien plus expérimentale : on tente d'élaborer des outils pratiques, on mène des simulations, des expériences en reproduisant des situations extrêmes (fortes chaleurs, atmosphères toxiques, radiations intenses, pressions inhabituelles), et c'est dans ce cadre que sont développées, par exemple, ces fameuses combinaisons. La *recherche spatiale* a pour but direct de produire des améliorations pour l'homme sur Terre. Ce sont les expériences scientifiques que nous menons dans l'ISS. L'*exploration* (le défi technologique même de construire une station et d'y faire travailler des humains aujourd'hui, de demain aller plus loin dans la quête de nouveaux espaces à découvrir) nous pousse à innover pour atteindre nos buts, et ces innovations cascadent dans la société, car elles ne restent pas confinées aux laboratoires. Une fois qu'une technologie a prouvé sa fiabilité, une fois qu'elle a passé les tests, elle peut être adaptée à d'autres contextes. On parle alors de « transfert technologique », ou plus joliment de *spin off.* En clair, la technologie spatiale fait des petits sur Terre. Ce sont ses enfants disséminés. Et ces enfants, parfois, sauvent des vies : on peut penser par exemple aux futures combinaisons des pompiers, capables de résister à des températures extrêmes ou à des fumées toxiques. Mais aussi aux matériaux ultra-isolants, aux systèmes de filtration d'air, aux équipements de secours, etc.

N'oublions pas que beaucoup d'objets de consommation découlent de la recherche de pointe… et que SpaceX provient du même écosystème qui a inondé nos sociétés de voitures Tesla !

C'est cela, le *spin off*, une sérendipité. Le progrès fortuit produit par le défi de l'exploration, qui s'ajoute au progrès recherché, envisagé, calculé des expériences scientifiques dont on a parlé plus haut.

E.K. : La physique des particules a elle aussi des « retombées » technologiques. Elles sont même si nombreuses que je me perdrais et vous perdrais à vouloir les citer toutes. Je me contenterai d'en nommer pêle-mêle quelques-unes : l'imagerie médicale, la cryogénie, la technologie des aimants supraconducteurs, l'électronique rapide, l'algorithmique, les détecteurs en tout genre, les ordinateurs, la mécanique de précision, la distribution d'énergie, la simulation numérique… En ces domaines, les ingénieurs n'ont jamais cessé de s'en donner à cœur joie. J'ai personnellement tendance à les voir comme des *médiateurs* entre notre monde et l'Univers. Je veux dire par là qu'ils sont capables de tirer astucieusement parti des lois physiques universelles pour agir concrètement dans notre monde. Les technologies qu'ils inventent sont en effet à la fois naturelles et artificielles : naturelles au sens où elles ne violent pas les lois de la nature, puisqu'elles s'appuient explicitement sur la connaissance que nous en avons ; artificielles au sens où ces technologies n'existent pas préalablement dans la nature.

Mais, si vous me permettez, le souvenir d'une lecture me revient là. Il s'agit d'un petit ouvrage publié en 1934 par Edmund Husserl, le fondateur de la phénoménologie, et dont le titre a de quoi surprendre : *La Terre ne se meut pas*. Bien entendu, Husserl ne conteste nullement l'héliocentrisme. Il s'agit pour lui d'énoncer une vérité d'un tout autre ordre, « phénoménologique » pour le coup : nous autres les humains sommes des créatures géo-centrées, non par ignorance scientifique, mais par constitution ontologique. Nous nous trouvons d'abord enracinés dans un monde sensible, concret, habitable, avant d'être des entités abstraites ou des sujets transcendantaux. Pour nous, expliquait Husserl, la Terre n'est pas une planète comme une autre puisqu'elle est le sol originaire et irremplaçable de notre ancrage corporel, peut-être aussi de notre constitution psychique. Tout se passe du point de vue de notre corps comme si elle n'était pas en mouvement, mais au contraire parfaitement immobile, de sorte qu'il est illusoire d'espérer nous émanciper de sa présence sans que cela provoque en nous de grands bouleversements.

En ce sens, nous serions des Terriens avant même d'être des humains.

Il n'est donc pas si étonnant que Thomas ait tant photographié la Terre depuis l'espace, bien plus souvent que le ciel. Son regard, pourtant détaché de la gravité, demeurait aimanté à sa condition terrestre. Je me demande si ce réflexe photographique n'illustre pas à sa manière le fait que notre perception, nos affects et même notre pensée s'ancrent dans ce que Husserl appelle notre *Lebenswelt*, notre « monde de la vie », ce tissu de significations premières qui précède toute objectivation scientifique.

Et voici le point délicat que soulève Husserl, avant Heidegger : il affirme que le déracinement de l'homme moderne, le trouble profond qui affecte son rapport à la nature, trouve son origine dans le tournant fondamental inauguré par Galilée. Là encore, il faut se garder des contresens : Husserl ne cherche nullement à faire le procès de Galilée comme on ferait à rebours celui d'un hérétique, mais il constate que Galilée, en dotant l'humanité d'un regard mathématisant sur la nature, a opéré un geste qui a bouleversé la position statutaire de l'homme dans le cosmos. L'homme ne se vit plus dès lors comme une partie de la nature, mais comme son interprète extérieur, voire, René Descartes aidant, comme son maître potentiel. Il s'autonomise par rapport au monde qui l'entoure, jusqu'à se considérer comme un être d'*antinature*. Non pas au sens où il serait opposé à la nature, mais où il participe d'une essence différente : il serait métaphysiquement *autre*.

Ce geste, hautement libérateur sur le plan cognitif, a eu pour revers de couper l'homme de son monde vécu. Il s'est mis à habiter une carte plutôt qu'un territoire, si vous voulez !

Ce que Husserl pressent et que Heidegger théorisera, c'est que ce divorce entre la science objective et la vie subjective produit une perte : une forme de désorientation existentielle, un affaiblissement du sens du réel. Tandis que l'Europe s'abandonne aux promesses du progrès industriel, Husserl, lui, s'inquiète : que reste-t-il de notre lien sensible au monde quand celui-ci ne devient plus qu'un réservoir de ressources, un prélude à toutes sortes de calculs ? Il rappelle, à contre-courant de l'esprit de son époque, que le lien avec la Terre n'est pas un supplément d'âme poétique, mais une condition première, vitale.

Si j'ose dire, un peu par forfanterie, Husserl avait entrevu, avant l'heure, ce que nos contemporains appellent l'« éco-anxiété ». Car si nous sommes liés à la Terre comme le bernard-l'hermite à sa coquille, alors toute détérioration de celle-ci affecte en profondeur jusqu'à notre intériorité, notre humeur, nos désirs, notre stabilité psychique. L'homme moderne, qui s'était rêvé autonome, découvre qu'il est affecté par le devenir de ce monde dont il croyait pouvoir s'extraire sans trop de fracas.

Il me semble que cette pensée de Husserl donne du grain à moudre à notre conversation. Car à mesure que l'aventure spatiale progresse, la question du statut que nous accordons à la Terre, à sa place dans notre imaginaire et dans notre destin, devient de plus en plus impérieuse. Aller dans l'espace, ce n'est peut-être pas fuir la Terre, mais s'en rapprocher autrement.

T.P. : Il semble presque que l'espace, au voisinage de la Terre, malgré ses dimensions, est un microcosme de l'humanité : on y amène nos problèmes et nos névroses, on y assiste aux mêmes mécanismes (compétition, conquête, coopération, progrès) et parfois aux mêmes doutes que sur notre planète, mais il y a un avantage certain : l'espace concerne tellement tout le monde (comme rien de terrestre), et c'est tellement difficile d'y envoyer quoi que ce soit, qu'on doit forcément le faire de façon réfléchie, et souvent coordonnée. C'est notre chance d'éviter de répéter les erreurs et les errements qui ont émaillé l'histoire de la Terre.

Chapitre V

L'ÉNIGME MARITIME : L'OUBLI DES ABYSSES

U.M. : On connaît mieux la surface de Mars que le fond de nos océans… Et ce n'est pas juste un oubli technique : c'est presque une énigme existentielle. Pourquoi l'humanité lève-t-elle les yeux vers les étoiles mais détourne-t-elle le regard dès qu'il s'agit de plonger dans ses propres abysses ? Trop sombres, trop sales, trop inquiétants ? Environ 20-25 % des fonds marins ont été cartographiés avec précision. La fosse des Mariannes descend à près de 11 000 mètres. Là-dessous, la pression est mille fois supérieure à celle de la surface : cent éléphants sur la tête – mais sans la fanfare… Aucun signal radio ne passe, tout est bloqué par l'eau salée. Et c'est le noir total. Pourtant, la vie s'y développe, sans lumière ni oxygène, autour de sources sulfureuses. Des créatures étranges, translucides, qu'on croirait venues d'ailleurs. Alors pourquoi l'espace fait-il rêver, quand l'océan donne plutôt envie de fuir ? Est-ce qu'on explore le ciel pour ne pas affronter ce qu'on cache au fond ?

T.P. : La mer, c'est une vieille histoire d'hommes et de femmes. Elle raconte l'histoire des voyages, des conquêtes, des pillages… mais aussi des échanges culturels : les civilisations ont traversé les océans dans les cales de navires. C'est un monde d'aventure et de commerce, de guerre aussi, de trésors, un paradis pour l'imaginaire quand nous sommes enfants. La mémoire de l'exploration maritime est gigantesque. Elle a eu ses heures de gloire, ses poètes, ses héros, du mythe antique de l'Atlantide au commandant Cousteau, de Jules Verne à Melville, sans oublier les cartes marines griffonnées de Magellan. Même Tintin, finalement, a plongé dans les profondeurs avant de marcher sur la Lune.

Mais il est vrai qu'aujourd'hui toute cette imagerie est un peu tombée en désuétude ; elle est en baisse de régime, disons. Je ne saurais trop pourquoi, et il n'est pas exclu que ça revienne.

Peut-être que la mer intrigue moins parce qu'on ne voit pas clairement ce qu'on pourrait y gagner. Les applications concrètes de la recherche océanique sont moins visibles, moins spectaculaires.

Alors que l'espace, lui, convoque à la fois la science, la science-fiction, la technique, la projection : on imagine des colonies sur Mars, des satellites-ascenseurs, des stations sur la Lune… Bref, un futur. Et un futur humain. L'espace reste perçu comme atteignable et habitable… donc prometteur.

Les abysses, eux, conservent une image plus primitive et hostile. Pas d'air, pas de lumière, une pression colossale… un monde à jamais hostile à toute installation durable, à tout peuplement. Bref, on n'y discerne aucun futur.

Pourtant, notre rapport à la mer est bien plus ancien et instinctif. On s'y baigne, on pêche, on contemple les vagues, on part en croisière ou en voilier, on construit des villes entières autour des ports ou des fjords. Une grande part de notre sensibilité et de notre imaginaire s'est forgée dans ce lien à l'eau.

Alors quand commence la peur ? Quand se fait la coupure entre l'amitié de la mer et le danger des profondeurs ? Pour élucider le mystère, je me suis prêté, grâce à l'Ifremer, à l'expérience d'un voyage dans les profondeurs. C'est à bord du *Nautile*, leur fidèle sous-marin, un des seuls au monde à descendre si profond, que nous avons visité les grands fonds à moins 2 000 mètres. Bizarrement, j'étais presque en terrain connu pendant ces quelques heures, et un fort sentiment de familiarité m'a envahi. La configuration exiguë de l'habitacle de métal pour les trois membres d'équipage, la manière de gérer l'étanchéité, le CO_2, l'oxygène, la navigation, la communication : tout me rappelait le Soyouz ! Jusqu'aux commandes du bras robotique du sous-marin, utile pour les prélèvements, ou… celles du sous-marin lui-même. Sans même parler des systèmes de sécurité et de secours : feu ou trou dans la coque, les préoccupations sont les mêmes que dans une capsule spatiale ! Je me suis rappelé pourquoi l'aéronautique (puis le spatial) a d'abord été confiée aux marins. Finalement, l'unique grande différence, quand la technique, les opérations, la psychologie des équipages sont les mêmes, c'est la vie qu'on observe à travers les hublots dans un cas et pas dans l'autre ! Le fond des océans, pourtant si hostile, est propice à la vie et certains organismes, en l'absence de toute lumière, utilisent la chimiosynthèse plutôt que la photosynthèse. En un mot, ils créent de la matière organique à partir des composés comme le méthane ou l'hydrogène crachés par les sources sous-marines, et tiennent à peu près le même rôle que les plantes jouent sur terre. Ces bactéries vivent soit librement dans l'eau, soit dans les tissus d'animaux adaptés à la profondeur, à l'obscurité et à la pression, comme des crevettes aveugles ou des crabes. Résultat : la vie fourmille dans des conditions que nous pensions absolument et totalement hostiles… La vie a trouvé un moyen, et il se peut qu'elle ait en fait débuté de cette manière… au fond des eaux. Nos ancêtres les… crevettes !

J'aimerais, pour illustrer tout de même un certain renouveau de l'exploration maritime, dire un mot de ce navire dont j'ai croisé la route : l'*Ocean-Xplorer*. Un nom qui sent déjà la conquête 2.0. C'est une sorte de monstre technologique, un laboratoire flottant ultrasophistiqué, conçu pour explorer les abysses avec des moyens inédits : robots, submersibles, outils de prélèvement en temps réel… Le parallèle avec SpaceX est difficile à éviter, et ce n'est sans doute pas un hasard : l'un a ravivé un rêve de l'espace un peu moribond, l'autre se propose de révolutionner l'exploration des grands fonds. Avec des projets comme la station polaire de la fondation Tara Océan, le *Polar Pod* de Jean-Louis Étienne ou le Sea Orbiter, on pourrait presque penser que l'ISS de la mer ou de ses grands fonds est en train de naître. Et qui sait ? Avec ce genre de projet et un peu de storytelling bien ficelé, l'aventure abyssale pourrait redevenir sexy… et reprendre sa place dans notre imaginaire du futur. Il y aurait tant à découvrir.

E.K. : On a longtemps cru que les océans étaient des puits sans fond, plongés dans les ténèbres, habités seulement par des monstres préhistoriques ou mythologiques. Les grandes expéditions sous-marines lancées au XIXe siècle, et qui ont culminé un siècle plus tard avec la descente en 1960 d'un bathyscaphe dans la fosse des Mariannes, à 10 916 mètres sous la surface du Pacifique, ont révélé un monde nouveau, le monde des abysses.

Faisons une expérience de pensée. Amusons-nous à supprimer par la pensée les océans pour observer la forme brute de la Terre. On constate alors que la plaine abyssale s'étend entre 3 000 et 6 000 mètres de profondeur et couvre environ 300 millions de kilomètres carrés, soit les deux tiers de la surface de notre planète. Chose incroyable, dans ces déserts noirs que sont les fonds marins, où la température moyenne avoisine les 2 à 4 °C et où la pression est considérable (de l'ordre de 700 kg/cm^2, vous imaginez cela ?), se développe depuis des millions d'années une faune surprenante, composée essentiellement d'invertébrés gélatineux. Ces espèces de « volumes d'eau vivants » ne chassent pas : ils se nourrissent des seuls débris tombés de la surface des océans, comme s'ils se chargeaient, dans l'ombre, de digérer les restes du monde supérieur. Ils sont en outre capables de produire leur propre luminescence. C'est dans cet univers-là que les scientifiques placent le début de la vie. Le monde sous-marin des abysses aurait donc à voir avec nos propres existences : il serait notre ventre archaïque et nous serions comme son prolongement, sa continuation terrestre, son asymptote propulsée à l'air libre.

Mais il ne faut pas l'idéaliser. Ce n'est pas un monde hospitalier. Ainsi que j'ai commencé de le dire, les conditions de vie y sont fort rudes, plus rudes que dans l'espace : obscurité totale, froid extrême, pression colossale, et aucune capacité de communication, l'eau salée brouillant presque toutes les ondes. En clair, je ne suis pas du tout candidat : nulle trace de « psychisme descensionnel » chez moi.

U.M. : La recherche subaquatique actuelle se concentre sur cinq grands axes, que vous avez d'ailleurs déjà commencé à esquisser à l'instant. Je me permets de les résumer rapidement :

– D'abord, la découverte de nouvelles ressources naturelles, comme les métaux rares, le cobalt, le nickel, ou encore certaines biomolécules uniques aux grands fonds ;

– Ensuite, comme Thomas vient de l'évoquer, l'exploration des origines de la vie, notamment à partir des fameuses cheminées hydrothermales découvertes en 1977, où la vie prolifère sans lumière ;

– L'étude d'organismes abyssaux capables de survivre sans oxygène, dans des conditions que l'on croyait jusque-là incompatibles avec toute forme de vie ;

– Une meilleure compréhension des phénomènes géologiques majeurs : séismes, tsunamis, éruptions sous-marines ;

– Enfin, l'enjeu climatique, absolument décisif : les plaines abyssales jouent un rôle de poumon thermique de la planète, puisque les océans absorbent à eux seuls plus de 90 % de la chaleur générée par le réchauffement climatique.

On le voit bien, les enjeux sont vertigineux. Pourtant, malgré cette promesse de richesses, une forme d'effroi subsiste. Les abysses, pour beaucoup, restent avant tout associés à la noyade, à la noirceur.

E.K. : En fait, on pourrait dire qu'il y a deux sortes d'attirance pour la verticale, celle des spéléologues et celle des alpinistes : ceux qui s'enfoncent et ceux qui s'élèvent. Je sais qu'il existe des individus qui appartiennent à ces deux familles à la fois, partageant un même tropisme pour les hauteurs de la Terre que pour ses entrailles, mais ce n'est pas du tout mon cas. Les rares cauchemars que je fais sont des enfermements anxiogènes dans des gouffres : je me retrouve systématiquement bloqué et suffoquant dans des conduits trop étroits. Mais, s'il vous plaît, n'en soufflez rien aux psychanalystes que vous connaissez.

T.P. : Dans la formation d'astronaute, l'entraînement spéléologique est une étape quasi obligatoire.

Ça peut étonner mais il existe très peu de lieux naturels qui permettent de simuler aussi bien, ici sur Terre, les conditions extrêmes et la privation de repères (spatiaux, temporels) que l'on retrouve dans l'espace. Descendre sous terre, c'est mettre à l'épreuve non seulement le corps mais aussi les nerfs, les perceptions, et surtout le rapport au confinement (notamment en groupe).

La spéléologie reproduit plusieurs dimensions clés de l'expérience spatiale : l'absence de lumière naturelle, la perte de repères sensoriels, la sensation de solitude totale. On rampe dans des boyaux étroits, à la limite de l'immobilisation, et très vite on comprend que l'espace n'est plus un milieu d'expansion mais de restriction. C'est une école du confinement.

Au départ, j'y suis allé un peu à reculons. Je m'étais forgé une image assez angoissante : univers clos, oppressant. Une fois encore, la réalité m'a surpris. Derrière les passages les plus étroits, on découvre parfois de vastes salles, des cathédrales de roche, des chambres minérales qui respirent !

J'ai même fini par vraiment aimer cette expérience de terrier, avec ses contrastes entre l'étouffement et la liberté.

Cela dit, la plongée subaquatique en spéléologie, quand les galeries sont noyées, va encore plus loin dans l'angoisse. C'est une autre expérience sensorielle, bien plus radicale. On flotte dans une substance qui vous absorbe, vous désoriente, sans possibilité immédiate de retour à la surface, au risque de se perdre entièrement dans l'obscurité de tunnels souterrains inondés… c'est affreux.

Dans ces instants-là, on comprend pourquoi les abysses nous fascinent autant qu'ils nous glacent. Ils ne sont pas seulement inexplorés : ils semblent là pour nous dissuader.

E.K. : La seule idée d'une telle descente me donne des sueurs froides.

T.P. : Je confesse ma profonde admiration pour les plongeurs-spéléologues, capables de se préparer pendant quarante-huit heures pour aller déposer une balise au fond d'un siphon, dans un silence total, à des kilomètres de toute lumière, sinon celle de leur petite lampe. En plongée, la sécurité, si l'équipement ou le corps dysfonctionne, c'est revenir à la surface… Eux ne le peuvent pas, bloqués par des plafonds de roches et des dédales de conduits obscurs. Le moindre coup de palme soulève des sédiments et rend l'eau absolument opaque, au risque de se perdre… à jamais. Ce sont des aventuriers d'un genre très particulier, devant lesquels je m'incline.

U.M. : Pourquoi, selon vous, la science semble-t-elle faire du sur-place en matière de recherche sous-marine ? La technologie spatiale évolue, toujours plus performante ; mais les fonds marins résistent à la science… Nous serait-il interdit de descendre « au fond de nous-mêmes » ?

T.P. : Il me semble que la donnée de la pression (atmosphérique ou abyssale) est cruciale et explique en fait cette dissymétrie. Lors de l'ascension en fusée, nous sommes écrasés par une accélération brutale, plaqués au siège par une poussée verticale qui nous comprime de tout son poids ; mais nous savons que c'est un écrasement temporaire ; c'est, en quelque sorte, le prix à payer pour la délivrance de l'apesanteur. Une fois en orbite, la pression à l'intérieur de nos vaisseaux est bien d'une atmosphère (l'unité de mesure), soit 1,01325 bar : la même qu'à la surface de la Terre, qui nous permet de respirer normalement sans masque ni scaphandre. Dehors, c'est le vide spatial : la coque de nos véhicules doit donc encaisser une différence de pression d'une atmosphère, pas plus (et par conséquent, la force mécanique qu'elle exerce, comme une cocotte-minute, une ventouse, une bouteille de champagne sur son bouchon).

Les abysses fonctionnent selon une logique parfaitement inverse : tout mètre supplémentaire est un fardeau de plus : la pression augmente d'une atmosphère tous les 10 mètres, sans limite, par le poids de la colonne d'eau. Les coques doivent être dix fois, cent fois plus résistantes et étanches que celles des véhicules spatiaux. Il n'y a pas de seuil de délivrance, pas d'allègement à l'horizon. C'est une course vers l'accablement. L'ascension spatiale sait qu'il y a la légèreté du vide au bout du chemin, et des contraintes limitées ; la plongée sous-marine sait que seule l'attend la lourdeur du trop-plein. L'une est une montée vers l'absence, l'autre une descente vers l'excès.

Autrement dit, le vide est plus supportable que le plein ; nous nous accommodons mieux du néant que de la saturation. Je ferais trop plaisir aux sous-mariniers en disant que c'est plus facile d'être astronaute… mais je n'en suis pas loin.

E.K. : L'argument de la pression est en effet de taille. Il y a aussi la question de la communication que j'évoquais plus haut : on ne pourrait pas échanger de messages avec des équipages enfouis trop loin dans les profondeurs, pas même avec les machines. Il y a un seuil en deçà duquel ça ne passe plus – il me semble justement que c'est aux environs de la dizaine de kilomètres. Tout, alors, devient muet. C'est un monde qui laisse sans voix, au propre et au figuré.

Mais ce qui me sidère peut-être encore davantage, c'est de constater qu'en 2025, alors que nous avons cartographié la surface de Mars avec une précision admirable, nous n'avons pu explorer en haute résolution qu'à peine 25 % des fonds marins.

Il reste donc sous nos pieds une immensité tout à fait concrète, bien réelle et pourtant méconnue. En somme, nous croyons habiter une planète familière alors qu'une grande partie de sa surface « dure » nous demeure étrangère.

Qu'adviendra-t-il de l'esprit de conquête ? Je note que l'alpinisme, né d'un plaisir du défi, est une invention relativement récente. Elle remonte grosso modo à la fin du XVIIIe siècle. Pour les abysses, c'est bien plus tardif.

Pour tout dire, je ne suis pas sûr qu'on puisse considérer que l'esprit de conquête en direction des territoires dont les conditions sont extrêmes soit un instinct ancré dans l'espèce humaine en tant que telle. C'est plutôt une affaire d'individus singuliers. Le désir de gravir les plus hauts sommets, d'explorer les fonds marins ou les gouffres n'a rien d'universel. Il relève plutôt de la pulsion de quelques premiers explorateurs, de pionniers souvent marginaux, d'âmes téméraires ou de zouaves visionnaires qui, à contre-courant du bon sens vital, ont voulu élargir le « champ des possibles », comme on dit. Ce sont eux qui, par leur audace et leur tempérament somme toute un peu spécial, ont repoussé, génération après génération, les bornes de notre humaine condition.

Chapitre VI

Géopolitique du ciel

U.M. : Dans une vidéo disponible en ligne, Thomas, on vous voit déambuler dans l'ISS juste avant votre retour sur Terre. Vous en montrez les modules, les sas, les zones de vie et de travail, mais ce qui frappe surtout, c'est cette géographie étrange : deux segments (russe et « occidental » – américain, japonais, européen) qui partagent une même station mais semblent séparés par une frontière invisible. Comme si deux mondes coexistaient dans un même corps orbital. Les procédures, les langues, les outils diffèrent. Cette dualité très physique évoque une forme de guerre froide résiduelle – non dite mais perceptible. À l'intérieur même de la station, est-ce qu'on ressent encore les tensions de la Terre ? Y a-t-il des murs diplomatiques dans l'apesanteur ?

T.P. : Nous avons en réalité deux stations collées l'une à l'autre, l'une russe, l'autre sous leadership américain. Il n'y a même pas le même voltage, de part et d'autre ! Vingt-huit volts dans les modules russes – pas de risques d'électrocution en cas de court-circuit –, et 120 pour le reste, moins de perte d'énergie en transmission sur de longues distances : époques de conception et logiques différentes. Même au cœur du segment dit occidental, les manières et les repères diffèrent. Autrement dit, on pourrait sans risque décrire l'ISS comme une sorte de Frankenstein internationalo-technologique, fait d'assemblages composites, de rafistolages de techniques, d'intérêts et de mœurs venus d'univers différents – et de visions du monde parfois bien éloignées !

Cela dit, avant d'évoquer les tensions diplomatiques, politiques ou culturelles, je tiens à rappeler l'élan initial, tellement positif, au moment de la chute de l'URSS, qui a conduit à l'éclosion de cette station internationale. C'est un geste qu'il ne faut pas oublier.

Tout commence en 1984, quand le président Reagan annonce la création de *Freedom*, la première vraie station spatiale américaine pensée dans un contexte de rivalité avec l'URSS. De leur côté, après le succès de *Mir*, les Soviétiques préparent *Mir-2*. Après la chute de l'Union soviétique, un tournant décisif s'opère : en 1993, les deux anciens blocs décident de fusionner leurs projets, en raison du dégel politique, mais aussi côté américain pour empêcher la fuite des cerveaux russes vers les programmes spatiaux ou nucléaires de leurs voisins, aux intentions pas toujours claires (Pakistan, Chine, Inde, etc.). La NASA achète ainsi plus de sécurité dans le monde (ou d'hégémonie américaine, c'est selon). De cette union improbable naît l'ISS. En 1998, le premier module (*Zarya*) est mis en orbite. Et en 2000, le premier équipage s'y installe. Depuis, la station n'a jamais cessé d'être habitée. Vingt-cinq ans de présence humaine ininterrompue dans l'espace. C'est considérable.

Cet élan scientifique, boosté par un esprit de conquête universelle, a montré non seulement la largesse d'esprit des grandes puissances (capables, dans certains cas, de faire abstraction de leurs conflits terrestres), mais également la capacité de placer la quête de la connaissance au-dessus, en un sens, des intérêts particuliers et provisoires. C'était un geste inégalé, sur les cendres encore fumantes de la guerre froide et entre les anciens belligérants de la Seconde Guerre mondiale (France, Allemagne, Italie, Japon, États-Unis, Russie et Canada), qui témoigne d'un souffle, d'un sentiment de dépassement rare dans l'Histoire. Il nous faut être à la hauteur de cette promesse.

Cependant, l'optimisme universel de ce projet s'est depuis largement émoussé : les centres de contrôle travaillent largement chacun de leur côté, et bien que nous vivions ensemble, il y a peu d'activités vraiment communes à bord : c'est chacun de son côté pendant la journée. Je pourrais vous dire une vérité un peu triste : après le voyage dans la station, il est parfois difficile de garder le contact. Là-haut nous collaborons, ici-bas les frontières surgissent à nouveau. Je parle notamment des équipages russes, bien sûr, pour qui il est difficile sur Terre d'entretenir des échanges candides avec les Américains. Les crispations, endormies en apesanteur, s'abattent de tout leur poids sur le globe.

E.K. : Avec la chute du mur de Berlin, nous avons eu le sentiment d'entrer dans une nouvelle phase, marquée par la fin d'une longue glaciation diplomatique. Certaines frontières politiques et psychologiques sont devenues poreuses, voire sont tombées brusquement. C'était dynamisant et rafraîchissant !

Je peux le dire ici sans rougir : j'ai vécu une grande partie de ma vie dans l'illusion de la réconciliation, porté par l'optimisme post-soviétique et la perspective, aujourd'hui tant moquée, de « la fin de l'Histoire », pour reprendre le titre du célèbre essai de Francis Fukuyama paru en 1992.

Mais j'ai franchement cru que la compréhension lucide des dévastations du XXe siècle allait nous servir de leçon magistrale. Alors oui, j'ai pleinement adhéré à la dynamique optimiste de cette époque. Je la voyais surtout par le prisme de la science et de la recherche, qui faisaient d'ailleurs des bonds incroyables, de véritables sauts quantiques dans la connaissance, dans pratiquement tous les domaines. Sans doute n'avais-je pas assez médité le sens profond de cette définition proposée par Jean d'Ormesson : « Un optimiste, c'est un gars qui fait ses mots croisés avec un stylobille… »

Car nous n'en sommes plus là, et la chronique de ce rapide renversement a d'ailleurs été faite par des experts plus aguerris que moi.

Brièvement, il est notoirement apparu que ces progrès tant escomptés étaient concentrés au sein de quelques nations et laissaient sur le carreau maints territoires habités par des populations oubliées, laissées-pour-compte dans un niveau de vie lamentable. L'idée d'un progrès qui va, qui « persévère dans son être », s'est fracassée contre ces réalités élémentaires.

À titre personnel, je me rends également compte que j'ai largement sous-estimé la puissance des idéologies, leur capacité sidérante à se réinventer sans cesse. Yuval Noah Harari, dans son dernier livre, *Nexus*, dit une chose qui me semble fort juste : que si vous construisez une bombe sans tenir compte des lois physiques, elle n'explosera pas, mais que, en revanche, si vous fabriquez une idéologie qui ne tient aucun compte de la réalité, elle pourra exploser et faire de gros dégâts.

M'impressionne en effet la capacité qui est la nôtre de simplifier les sujets à outrance, d'en dire même n'importe quoi, de croire dur comme fer à des balivernes, comme si la vérité n'était d'aucune valeur, comme si la réalité n'avait plus aucune importance.

T.P. : Je comprends ce désenchantement générationnel si on peut dire, bien que je n'appartienne pas à la même génération, et que je n'aie donc pas tellement connu le chagrin ou l'amertume du XXe siècle.

Je reviens à l'ISS et à la question initiale des tensions diplomatiques.

La vie dans le ciel se compose d'un grand nombre d'abstractions. On se tient là-bas très à distance des soubresauts politiques et, de manière assez tacite, on s'accorde tous à ne pas trop parler de ces sujets, notamment lorsqu'on reçoit les échos des dernières actualités internationales. Nous savons que parler politique dans un espace restreint, confiné, composé de cultures tellement hétéroclites, serait une connerie monumentale. On a donc tendance à s'accrocher à ce qui nous unit, et la passion française pour le débat et la controverse a quand même une certaine limite lorsqu'on se tient, bon an mal an, dans une station spatiale avec des Russes et des Américains !

J'ajoute que nous sommes loin d'être, pour la plupart, des inconnus les uns pour les autres : j'ai passé des semaines et des mois en compagnie des camarades de la station pendant l'entraînement, y compris les Russes, dont je connais même les familles. Cette proximité nous délivre des caricatures politiques et des absurdités chauvines : nous savons bien qu'un Russe ou un Américain n'est en soi ni un ennemi ni une menace et que partout, chacun veut le meilleur pour sa famille et les siens. On collabore alors avec des individus concrets qui ne sont pas des émanations abstraites et impersonnelles d'une nation personnifiée par son leader. Il est difficile, et absurde, de leur en vouloir individuellement.

Cela semblera peut-être évident aux lecteurs de ce livre. Mais il est important de le rappeler, car les stéréotypes culturels peuvent provoquer des dégâts profonds sur les collaborations humaines. J'aime mieux, quant à moi, croire à une alliance, à des réalités universelles plutôt que d'être obsédé par les particularismes et les autres formes de rétrécissement de l'individu.

Cela dit, les Américains, dans la station, peuvent laisser la télévision allumée durant des heures, j'allais dire « à l'américaine », et certains ont pu sans gêne faire tourner, dans le module qui sert notamment aux repas, les programmes nationaux, CNN ou autres, en les imposant à l'ensemble de l'équipage, même aux heures des repas collectifs, avec une parfaite indifférence… Cela dénote un sacré choc des cultures.

E.K. : Mais êtes-vous là-haut affectés par ce qui se passe dans le monde de la même façon que nous autres ? Les 400 kilomètres qui vous séparent de nous vous font-ils « prendre de la hauteur » par rapport aux actualités d'ici-bas ?

T.P. : Oui, nous sommes, dirai-je, malgré nous à distance. Après plusieurs semaines dans la station, les nouvelles de l'actualité nous parviennent souvent en retard d'un jour ou deux, dans un manteau d'irréalité, comme des fictions ou des informations secondaires. Mais cette expérience de retrait n'est pas propre aux astronautes, chacun peut l'éprouver : il suffit, quand on en a la chance, de partir en vacances assez longtemps pour connaître cette forme de béatitude de l'ignorance, cette déconnexion tant souhaitée et toujours élusive, pour ressentir le caractère subalterne des fièvres politiques et de la plupart de nos actualités.

On n'est pas totalement débranché pour autant. On s'informe, on parle à nos proches des choses importantes. Mais on n'est plus en prise avec l'onde de choc de l'info permanente et anxiogène.

Cependant, la question portait plutôt sur les tensions internes. Dans l'ISS elle-même, c'est le souci d'un travail commun qui nous tient. Notre socle n'a pas vacillé. Nous faisons équipage, tous dans le même bateau. C'est entre les organisations au sol, moins incarnées, plus séparées (ne serait-ce que par la distance géographique) que la coopération devient difficile.

Les plus grands écarts que j'aie pu sentir, étrangement, venaient plutôt des Américains entre eux. Leurs astronautes représentent comme sous une loupe la diversité du pays et ses contrastes, des militaires conservateurs et austères, la cinquantaine pratiquante, aux jeunes universitaires californiennes progressistes et tatouées.

U.M. : Étienne, est-ce que l'on sent aussi, dans les laboratoires scientifiques, des infiltrations des enjeux politiques ? Ou parvient-on toujours à en faire abstraction pour des causes communes ?

E.K. : Il m'est difficile de répondre de façon générale. Je prendrai l'exemple de la physique des particules d'après-guerre. En 1949, à Lausanne, lors de la Conférence européenne de la culture, le physicien français Louis de Broglie, l'inventeur de la dualité onde-corpuscule, lance l'idée de créer un grand laboratoire scientifique européen. Le CERN naît cinq ans plus tard : le 29 septembre 1954, la convention qui le met sur pied est signée par douze États européens, donc notamment par des gens qui, quelques années plus tôt, s'étaient livré une guerre sans merci : des Allemands, des Français, des Italiens... On m'a raconté qu'ils ne tardèrent pas à inventer une langue hybride, le « cernois », constituée de phrases dans lesquelles certains mots sont dits en français, d'autres en anglais, ou en allemand ou en italien. Comme si, voulant montrer un désir de réconciliation, chaque langue avait fait un pas vers les autres en en intégrant des éléments...

Rendez-vous compte : il s'est déroulé moins de dix ans entre la fin de la guerre et la création du CERN... La dynamique rapide de cet enchaînement temporel semble presque incroyable, même s'il faut se souvenir qu'à cette époque on voyait déjà poindre à l'horizon les grands projets d'alliance comme le Traité de Rome de 1957. La construction européenne avait symboliquement pour fonction, par une sorte de sublimation, de convertir en pulsions créatrices les traumas de la guerre et de la barbarie.

J'ai longtemps pensé que ce pli historique laisserait des traces indélébiles, au point que certains types d'événements deviendraient impossibles, par exemple une guerre d'État à État en Europe. Je me suis trompé. Il faut dire, comme je l'ai déjà signalé et comme cela se voit sur mon visage, que j'appartiens à une génération qui, sans doute anesthésiée par la chute du Mur en 1989, s'est longtemps persuadée que l'Europe avait enfin trouvé des parades efficaces et coordonnées contre l'exercice de la force brute. La fin de la guerre froide avait réchauffé l'idée d'une paix longue, démocratique, c'est-à-dire fondée sur des relations pacifiques stables entre nations désormais acquises à la démocratie.

C'est pourquoi, le 24 février 2022, apprenant l'invasion de l'Ukraine par l'armée russe, je fus d'abord incrédule : comment une telle violence était-elle possible soi-disant au nom même de « l'unité des peuples russe et ukrainien » ? Les mots n'auraient-ils plus le moindre sens ? Puis, sortant de mon déni à mesure que les informations se faisaient plus précises, je fus littéralement saisi d'effroi. J'ai compris que, comme me l'avait expliqué Michel Serres, toute paix d'aujourd'hui est vouée à se transformer plus tard en un entre-deux-guerres de plus.

Mine de rien, ce fut un choc.

Il est maintenant bien clair que le vent a tourné. Le CERN a mis fin à sa collaboration avec les physiciens russes en raison de l'opération dite « spéciale » en Ukraine. La géopolitique s'infiltre donc là aussi, oui.

T.P. : C'est peut-être cela, la fin du multilatéralisme, le concert des nations qui a caractérisé le

XXe siècle, avec ses limites, mais aussi ses forces. Ce multilatéralisme qui a tenu le gouvernail des dernières décennies et qui, ployant sous les pressions multipliées, montre désormais de sérieux signes de fatigue. L'unilatéralisme lui emboîte le pas.

Je suis, pour ma part, un fervent défenseur des logiques collaboratives, des institutions transnationales, des organisations et fondations européennes et mondiales, des initiatives transversales. Je miserais plus volontiers sur une convergence des forces que sur leur dispersion. Mais c'est le grand effet de dispersion qui s'impose.

Finalement je me contredis, et je connais moi aussi, comme Étienne, cette forme de désenchantement et de fissuration des idéaux porteurs. Disons qu'en tout cas j'en perçois aujourd'hui la fragilité, et je vois bien que les projets européens, par exemple, ne sont plus aussi fédérateurs qu'autrefois. Nous avons connu un temps pas si lointain où l'Europe était une sorte de sésame ou de blanc-seing qui ouvrait les portes, sublimait les volontés et, surtout, soulevait les enthousiasmes. Depuis, les forces se sont déplacées. C'est aussi un véritable flux physique de richesses, concentrées en Europe depuis plusieurs siècles, qui s'est aujourd'hui redirigé et mieux réparti dans le monde (Chine, Sud global). Il continuera de le faire, et il faudra faire avec ce qu'on a – c'est-à-dire moins qu'avant, en proportion.

E.K. : Il y a en effet le risque que nous tentions de calmer nos angoisses par un resserrement communautaire. Une sorte de repli sous le drapeau. Un exemple parmi d'autres : j'ai appris récemment que, sur décision de l'administration Trump, les Européens n'avaient plus accès aux données relatives au climat détenues par les États-Unis. Terminé, coupé… Qu'est-ce que cela signifie ? Que chaque État doit désormais se débrouiller tout seul ? Que l'idée même de collaboration scientifique n'a plus cours, y compris dans des secteurs qui n'ont rien de militaire et relèvent plutôt de l'intérêt général ? J'ai bien l'impression que nous entrons dans une ère nouvelle, dans une dystopie radicale. Voyez d'abord comment le Président américain a interdit l'usage de certains termes, coupé des crédits de recherche, licencié à tout va dans des secteurs ciblés. Voyez ensuite comme il déblatère sur les sciences sans rien y connaître, au point qu'on en vient à se demander s'il ne pourrait pas bientôt nous annoncer que la Terre est plate, au moins par endroits, si cela venait profiter à son pouvoir… D'une façon générale, quand un résultat scientifique vient malmener certaines idéologies, percuter des croyances ou interroger nos modes de vie, on assiste à sa dégradation médiatique en une simple opinion que chacun croit pouvoir contester à sa guise. Pareil climat finit par distiller l'idée que les sciences, lorsqu'elles deviennent dérangeantes, seraient des croyances parmi d'autres, que les non-croyants ont tout droit d'attaquer en les mitraillant de commentaires à l'emporte-pièce. Mais ne faisons pas trop les fiers : en Europe, nous ne sommes pas à l'abri de cette mauvaise tendance.

Pour en revenir à la question initiale, il semble évident que l'espace est devenu un enjeu si stratégique, si vital par bien des aspects, que les tensions entre États y sont déjà explicitement visibles. S'agit-il d'un nouveau Far West se déployant au-dessus de nos têtes ? Du moins la compétition semble-t-elle passer avant la coopération. J'ai même l'impression que certaines activités spatiales sont carrément réorientées vers des finalités purement idéologiques ou économiques.

T.P. : J'ai souvenir en effet qu'en 2020-2021, sous le premier mandat de Donald Trump (mais dans la continuité d'une initiative née sous celui de Barack Obama), nous avons assisté, stupéfaits, à une véritable réaméricanisation des projets spatiaux, pourtant internationaux. Quand les USA ont récupéré un moyen d'accès à l'espace avec le Dragon en 2021, le drapeau à rayures et étoiles flottait à perte de vue. Et les slogans parlaient d'eux-mêmes : *American astronauts on an American rocket from American soil.*

Cette tonalité patriotique résonnait à longueur de journée. Je ne peux réprimer devant ce genre de spectacle une sorte de moue... Qu'aurions-nous dit, qu'aurions-nous pensé si les Russes avaient fait cela depuis 2011, quand ils avaient le monopole de la desserte de l'ISS, imposant un kitsch nationalo-propagandiste à l'ensemble de la communauté spatiale ? Les Américains les premiers auraient poussé des cris d'orfraie.

Pour mon propre vol, moi, l'Européen, représentant de l'ESA, je voyais sous mes yeux martelées ces joyeusetés américaines, rouleau compresseur de la NASA...

E.K. : Peut-être que, finalement, vous étiez des passagers clandestins...

T.P. : C'est un peu ça, oui !

E.K. : Et la psychologie des astronautes, a-t-elle une nationalité ? Je m'explique : quand un Russe et un Français se décident à devenir astronaute, portent-ils le même regard sur ce qui les attend ? Ont-ils exactement les mêmes motivations ? Sont-ils l'un et l'autre mus par la même ambition, ou bien y a-t-il des spécificités nationales qui les distinguent ?

T.P. : Chacun pris dans sa propre fable, c'est bien cela, oui. C'est une clé essentielle pour décrypter les tensions, les malentendus, parfois même les petites guerres intestines de notre milieu.

Chez les Russes, la fibre patriotique est constitutive du cosmonaute. Cette mystique du devoir, cette ferveur nationale, vient d'ailleurs compenser un salaire dérisoire. Il faut bien que le sacrifice soit habité par une forme de grandeur. Et cette grandeur, elle est nourrie par une mythologie héroïque profondément ancrée dans la culture russe : celle du dépassement, de la souffrance et de la foi dans l'épreuve. Il y a quelque chose de dostoïevskien dans ce dolorisme : pour briller, il faut souffrir ; le malheur, pour le Russe, est une rampe de lancement vers le sublime.

Il est, dans ce cadre, inimaginable qu'un héros soit désigné comme tel s'il traverse l'épreuve sans drame ni douleur, sans écorchure ni sanglot. Aujourd'hui encore, le culte de Gagarine nous accompagne, de statue en tradition, jusqu'au décollage à Baïkonour. Il aurait été presque inacceptable, avec une telle grandeur et un tel héritage, qu'il meure dans son lit. En bon héros russe, il s'est crashé dans la force de l'âge lors d'un vol en Mig-15.

Le cosmonaute, pour cette nation, est une sorte de prince choisi, élu, pris dans un rituel ; tout un folklore sacrificiel et dramaturgique entoure son existence. Il passe alors des stages de survie ubuesques, dans la boue glaciale de la forêt, à planter sa tente au milieu des moustiques dans des rites d'initiation interminables, et même s'il l'a déjà fait dix fois. « Youri Gagarine l'a fait sans rechigner… » On pourrait le plaindre, car nous autres astronautes européens ne sommes pas traités à la même enseigne – on essaie de nous aider, pas de nous faire souffrir –, mais ce serait méconnaître l'adhésion, sincère, à un récit collectif. Il n'est pas imposé de l'extérieur, mais inscrit dans la psyché nationale, dans la fiction fondatrice que le cosmonaute russe se fait de lui-même.

Les Américains, eux, ont pris le chemin inverse : celui de l'efficacité, du confort et de la rationalisation. Ils ont épuré la figure de l'astronaute de toute surcharge. Tests optimisés, sélection facilitée, suivi médical individualisé, tout est pensé pour éviter l'inutile et le superflu. Ils conçoivent l'astronaute comme un technicien de l'excellence, pas comme un martyr… au risque d'être un peu baby-sittés et d'avoir besoin, pour fonctionner, d'une logistique lourde et d'un encadrement constant. C'est la NASA qui fournit les fiches à réviser pour les examens, pas question de devoir les faire soi-même !

C'est un vrai choc des cultures, qui témoigne finalement de la manière dont chaque société conçoit sa relation au risque, à l'effort et à l'idée qu'elle se forge de l'héroïsme et du courage.

J'ai d'ailleurs une anecdote assez parlante. Les Américains, toujours soucieux d'économie fonctionnelle, produisent une figure d'astronaute très reconnaissable : costaud, carré, sûr de lui, habitué à soulever de la fonte, parfaitement conditionné. Tandis que les Russes ont parfois des allures plus relâchées, plus inattendues, je dirais, affectueusement, un peu dégingandées, parfois même ventrues mais avec une espèce de sérénité robuste. On en aurait vu certains fumer avant leur décollage.

Et pourtant : après six mois dans la station, au moment du retour sur Terre, devinez qui tient le mieux le choc ? Les Américains, malgré leur entraînement millimétré, s'effondrent souvent sous le poids retrouvé de la gravité terrestre, certains sont incapables de tenir debout sans aide, hagards, assommés par le retour : c'est normal, c'est la statistique. Mais les Russes, eux, semblent parfois moins affectés que la moyenne, je l'ai vu de mes propres yeux : à la sortie du Soyouz, on allume une cigarette de bienvenue, il paraîtrait que l'hélicoptère qui nous récupère dans la steppe est approvisionné en cognac, et les cosmonautes reprennent souvent la discussion comme si de rien n'était. Pourquoi tout cela, à propos des Russes ? Je me prends à penser que la Russie a subi une véritable hécatombe au XXe siècle, avec 90 millions de morts entre les conflits, les famines, les purges, etc. Seuls les plus forts ont peut-être résisté au froid, à la faim et à la maladie… on verrait les résultats chez les cosmonautes de cette douloureuse expérience que la Russie s'est imposée (qu'on lui a aussi imposée) ? Je ne sais pas et je me garde de dépasser mes compétences. Mais ce qui est certain, c'est qu'on ne vit pas le retour de la même manière, selon le récit qu'on habite !

Je pense à mon camarade Oleg, dans l'hélicoptère, qui plaisantait avec ses collègues comme s'il rentrait d'un pique-nique… pendant que moi, je luttais contre la nausée, avec un mal fou à fixer mon regard.

U.M. : Revenons si vous le permettez aux questions de conflits. Est-il concevable, dans un avenir proche, que naissent des stations spatiales nationales ?

T.P. : C'est en fait déjà ce qui est en train de se produire. Les Chinois, par exemple, ont développé leur propre station spatiale, Tiangong (ce qui signifie « Palais céleste » dans leur langue toujours fleurie). Elle est en orbite, opérationnelle et en constante expansion.

Du côté américain, la situation est claire : la NASA n'a pas le droit, légalement, d'engager la moindre coopération avec le programme spatial chinois. C'est une décision politique, motivée par le Congrès. Pourquoi ? Parce que l'ensemble du programme chinois est pour l'instant directement rattaché à l'armée – tous les astronautes chinois sont des militaires, issus de l'Armée populaire de libération. Dans ce contexte, le Sénat américain considère que toute collaboration avec Pékin reviendrait à ouvrir une brèche stratégique majeure.

L'Europe, en revanche, via l'ESA, n'est pas soumise à cet interdit. Nous avons donc cru, un temps, que nous pourrions jouer un rôle de trait d'union, de pont diplomatique, comme nous l'avions fait entre USA et Russie dans les années 1980. Nous avons entamé des discussions, organisé des rencontres, envisagé des formes de coopération, même modestes. Mais au fil des mois, il est apparu que nos interlocuteurs chinois restaient d'une extrême réserve. En réalité, ils n'attendaient rien de nous. Ils veulent prouver au monde entier, et sans ambiguïté, qu'ils peuvent faire seuls, sans dépendre de la technologie ni du soutien des puissances occidentales. Ils n'ont pas eu le feu vert au plus haut niveau, et à vrai dire nous non plus : difficile de faire s'accorder nos 23 pays sur un sujet aussi politiquement chargé.

Et puis, il faut le dire, les Américains ont vu ces échanges d'un assez mauvais œil. Ils nous ont rappelé, à toutes fins utiles, que notre technologie européenne est intimement interconnectée avec la leur au sein de l'ISS. Or, partager certaines données avec la Chine, même de manière indirecte, revenait potentiellement à exporter une partie du savoir-faire américain. La pression s'est accrue et nous aurions dû, tôt ou tard, mettre le holà sur ce rapprochement sino-européen. Cela en dit long sur l'extrême sensibilité du domaine spatial qui reste, qu'on le veuille ou non, une zone grise entre coopération scientifique et compétition géopolitique.

Alors oui, aujourd'hui, la multiplication des stations nationales devient le scénario le plus probable. Les Chinois y sont déjà, les Indiens avancent à grands pas, et plusieurs consortiums privés américains sont à pied d'œuvre pour créer des structures autonomes en orbite basse.

On passe d'un idéal de mise en commun à un morcellement des ambitions.

À mes yeux, c'est un retour en arrière. C'était plus juste, plus fort, d'avoir une grande station pour tous plutôt que plusieurs stations concurrentes alignées sur les intérêts particuliers de chaque nation. C'est la même chose en Antarctique ou ailleurs.

Hélas, la vie du ciel reflète la vie sur Terre… Il reste les missions lunaires à faire en coopération, et je ne m'interdis pas de rêver à une grande mission martienne future qui intégrera vraiment toutes les bonnes volontés.

U.M. : Des empires se construisent dans l'espace. On songe notamment, nous l'avons déjà évoqué dans nos conversations, aux mégaconstellations satellitaires. Starlink fut pionnière en la matière, suivie par Amazon, puis Guowang en Chine, OneWeb en Inde et IRIS^2 en Europe. Ces constellations sécurisées fleurissent, la liste s'allonge. Mais sont-elles vraiment autonomes ou y a-t-il des cas où ces constellations se révèlent « interdépendantes » ?

T.P. : Il est primordial de concevoir la plus grande indépendance pour ces constellations, pour des raisons très actuelles de souveraineté, et c'est pour cela qu'on les dit sécurisées. Nous savons trop bien ce qu'il en est des alliances et des allégeances en tout genre qui peuvent se retourner d'un coup de baguette magique. Prenez le GPS, par exemple : c'est un service américain, donc politiquement dépendant. On l'a vu en Ukraine (et Zelensky l'a souligné), il peut être coupé ou limité à volonté par les États-Unis, en fonction de leurs alliances. Même chose dans les zones comme Israël, Iran, Libye, Tchad, Niger… Et les Américains savent pleinement l'impact global que cette technologie confère.

Ce constat a conduit l'Europe à développer Galileo, 30 satellites ; les Chinois ont Beidou, les Russes GLONASS – ce qui donne aujourd'hui quatre constellations de navigation indépendantes.

Le jour où nous multiplierons non seulement quatre constellations GPS indépendantes, mais aussi autant de réseaux de communication robustes (Starlink, Kuiper, Guowang, OneWeb, IRIS²), ce sera une véritable réorganisation du ciel géopolitique.

Je le disais à l'instant, la vie du ciel reflète la vie sur Terre. Ces constellations sont déjà en partie interdépendantes, mais leur sécurité repose sur cette illusion d'autonomie ; illusion que les brouillages, contextes politiques ou crises technologiques menacent de dissiper.

Je vais vous raconter une anecdote. Les équipes de SpaceX m'ont invité en 2022 dans la base privée de production Starbase (autrefois Boca Chica, à la frontière mexicaine). C'est une sorte de laboratoire géant à ciel ouvert, à la fois site de test, hangar d'assemblage, piste de lancement et vitrine technologique. Ils m'avaient convié pour visiter les installations, rencontrer les ingénieurs, échanger sur les projets en cours. À un moment de la discussion, l'un des responsables me regarde avec une certaine gravité et me pose tout de go cette question sidérante : « Monsieur Pesquet, dites-nous… pourquoi les Français ne nous aiment pas ? »

Sur le moment, je crois à une boutade. Alors je souris, un peu interloqué, et je lui demande ce qu'il veut dire exactement. Et là, il poursuit, très sérieux :

« Nous voulons proposer les services de Starlink à l'Union européenne. Nous sommes prêts. Mais l'Union refuse. Et tout le monde ici sait que ce blocage vient de Paris. Les Français s'opposent. Pourquoi ? »

Je me suis retrouvé dans une position un peu étrange, à devoir parler au nom d'un continent que je ne représente pas officiellement bien sûr, mais dont je connais un peu les sensibilités stratégiques. J'ai donc tenté de leur expliquer le plus honnêtement possible que, pour l'Europe, même si le gouvernement américain d'alors se montrait moins hostile à l'Europe que l'actuel, il était tout simplement impensable de confier ses communications militaires ou institutionnelles à une entreprise américaine, aussi innovante et performante soit-elle ! La souveraineté numérique, la sécurité des données, le contrôle des flux d'information… ce sont des questions stratégiques. Ce n'est pas une affaire d'antipathie ou de défiance personnelle. Et la France a vécu depuis le gaullisme dans un souhait fort d'indépendance stratégique, ce qui n'est pas le cas de tous les pays en Europe – certains confient allègrement leur défense aux Américains, avec tous les problèmes que cela pose aujourd'hui.

Mes interlocuteurs, eux, ne comprenaient pas. Ils étaient sincèrement étonnés. « Mais enfin, nous ne sommes pas vos ennemis, me disaient-ils ! Nous sommes des alliés historiques ! L'Europe et les États-Unis partagent les mêmes valeurs, les mêmes objectifs. Et d'ailleurs, beaucoup de vos systèmes technologiques reposent déjà sur des infrastructures américaines. Alors pourquoi ce refus ? Pourquoi cette méfiance ? »

C'est là qu'on mesure la distance… Pas une distance idéologique, non. Plutôt une lecture divergente du monde. Eux voyaient l'interconnexion comme une évidence positive, une forme de continuité logique entre partenaires occidentaux. Sans doute aussi étaient-ils motivés par des considérations toutes pécuniaires… auxquelles s'ajoute un peu de mauvaise foi : les États-Unis sont les premiers à être souverainistes dans tous les domaines, et la question réciproque (une technologie française qui serait utilisée pour des applications de souveraineté américaine) ne se poserait même pas. De notre côté, on continue de percevoir l'interdépendance comme un risque, surtout en matière de défense ou d'industries duales (comme peuvent l'être l'aéronautique, l'énergie, l'IA). Il ne s'agit pas d'accuser ni de rompre, mais de pouvoir exister par soi-même. De ne pas tout miser sur une alliance qui, demain, pourrait vaciller. C'est l'histoire d'Ariane et de la dissuasion nucléaire.

La suite des événements leur a donné raison sur un point, et à nous sur un autre. Eux avaient raison de dire que nous étions déjà très dépendants, c'est vrai. Et nous, nous avions raison de rester prudents. Parce que, en politique internationale, l'amitié est une donnée conjoncturelle.

Une alliance, aussi solide soit-elle, repose sur des intérêts, pas sur des serments. Et ces intérêts peuvent évoluer rapidement, l'actualité des dernières années nous le prouve (si l'Histoire ne nous avait pas déjà convaincus).

E.K. : Est-ce que la dépendance européenne à l'égard des États-Unis dans le domaine spatial et satellitaire est aussi forte qu'en matière d'armement ? On sait par exemple que les F35, ces avions militaires furtifs qu'utilisent certaines armées en Europe, seraient aussitôt déconnectés, donc rendus inopérants et même incapables de décoller, s'ils devaient viser les États-Unis…

T.P. : Le domaine spatial me semble un peu moins soumis à ce type de dépendance directe. D'abord parce que, en termes de recherche ou de capacités technologiques, l'Europe tient quand même une forme de cap autonome – autant que possible, du moins. Évidemment, en volume de financement ou en rythme d'innovation, les États-Unis restent un cran au-dessus, mais sur le fond, on ne fonctionne pas dans le même registre que pour les armements. Nous pouvons beaucoup plus facilement acheter européen pour les satellites et les lanceurs que pour les avions de chasse (apparemment).

Cela dit, il faut reconnaître qu'il a longtemps existé une forme de proximité systémique entre l'Europe et les États-Unis : une sorte de gémellité occidentale, un lien de famille, souvent invisible, mais très structurant pour des raisons évidentes liées à l'histoire des États-Unis, aux vagues d'immigration européennes qui ont peuplé le pays pendant les premiers siècles de son existence et dont les descendants disposent, il faut bien le reconnaître, de l'immense majorité des leviers du pouvoir et de l'économie.

Tandis que de leur côté les Chinois, eux, font chinois : ils achètent chinois, produisent chinois, lancent chinois. C'est un écosystème fermé, souverain par construction.

E.K. : Dans le domaine scientifique, en effet, il me semble que les choses demeurent très ouvertes au sein de l'Europe : il y a une véritable culture de la mutualisation. Le partage des données, par exemple, ne me paraît pas bridé par des logiques politiques. Il y a bien sûr des querelles d'équipes, de la concurrence, sans doute des frictions sur le terrain, mais rien qui ressemble à une authentique barrière géopolitique. La recherche me semble donc être le « bon élève » de l'histoire : un monde préservé, à part. Du moins pour l'instant.

T.P. : Oui, mais dans le spatial, on est quand même pris dans les grands récits de puissance, dans ce que j'appellerai les formes contemporaines de gigantisme. Regardez le programme Artemis, par exemple, celui voulu par l'administration Trump première version, poursuivi par Biden, puis Trump deuxième version. C'est un grand projet scientifique mais, dans les têtes de certains, on est assez loin de la science. C'est dans certains cercles une volonté pressée de retourner planter un drapeau américain sur la Lune, avant la Chine. Une sorte de poussée d'acné géopolitique : marquer le territoire, réaffirmer la domination, avant de foncer vers Mars. La science suit, mais elle n'est pas autant aux commandes qu'il le faudrait. Il nous faut tous les systèmes de contre-pouvoir des institutions pour ne pas perdre en route l'ADN de recherche que nous voulons imprimer au projet : on ne retourne pas sur la Lune pour planter un drapeau (il y est depuis 1969 : quel intérêt ?) mais de manière plus durable et plus systématique, pour y créer une base de recherche similaire à ce que l'on trouve sur terre dans les environnements extrêmes.

U.M. : Quelles sont les nouvelles nations qui émergent dans l'avenir spatial ?

T.P. : Après la Chine, qui est déjà un géant, surtout les pays du Golfe (Émirats, Arabie saoudite) et l'Inde ; de manière plus périphérique, l'Australie ou Singapour. J'espère voir de plus en plus l'Afrique au rang des nations spatiales.

E.K. : La même chose vaut pour la recherche scientifique en général. L'équilibre des forces migre lui aussi. Je me garderai de proposer une liste de pays qui montent en puissance, mais chacun d'entre nous a évidemment en tête la Chine, qui publie à tout va dans presque toutes les disciplines.

Il est clair en tout cas que les forces se déplacent et que l'Europe n'a pas d'autre choix que de reconfigurer son rôle et sa place dans ces nouveaux grands équilibres.

Chapitre VII

Deux Européens

U.M. : Êtes-vous toujours portés par le rêve européen ?

T.P. : À titre personnel, je me sens profondément européen. Et c'est justement parce que j'y tiens, avec conviction (presque ferveur, je dirais), que j'observe avec un certain chagrin la difficulté croissante des nations européennes à faire vivre un projet commun. Cela fait déjà un moment qu'on sent la source s'amenuiser, qu'on perçoit cette forme de sécheresse intérieure. Une lassitude d'idées, un affaissement du souffle. Ce vide est devenu si visible qu'il donne aux autres un avantage clair : nos concurrents (les États-Unis, la Chine, la Russie, les pays du Golfe) s'en lèchent les babines. Quel cadeau que ce continent fatigué, livré avec ses doutes, ses divisions et son épuisement métaphysique ! Aux yeux du monde, l'Europe donne parfois l'image d'une puissance essoufflée. Et pour quelqu'un qui croit profondément en elle, ce constat n'a rien de réjouissant…

D'où viendrait cette fatigue ? Beaucoup d'observateurs se sont risqués à en faire la généalogie, souvent avec une tonalité décliniste qui ne me convient pas. J'ai pour ma part une petite conviction, qui vaut ce qu'elle vaut : la langue doit jouer pour beaucoup dans cette fatigue interne, dans cette carence d'enthousiasme et de cohésion. Nous parlons tous anglais, à l'ESA ou au CERN, et bien sûr c'est ce qu'il faut pour travailler ensemble efficacement : une langue commune (comme le latin l'a été au Moyen Âge). C'est infiniment positif. Pourtant c'est aussi un piège, car cela creuse le fossé qui nous sépare de l'évidence européenne. Elle nous coupe même des peuples européens, parce que, dans notre mosaïque babélienne, nous parlons, nous, la langue de l'élite, qui est celle d'un pays qui n'est même plus dans l'Union européenne : le Brexit est passé par là et a considérablement renforcé cette impression d'étrangeté et de dépendance au *soft power* américain. Par là, on laisse négligemment dans les marges une immense frange des Européens : 70 % des Français ne s'expriment pas couramment en anglais, et c'est absolument normal. C'est à nous, les professionnels de l'Europe, de traduire, nous n'avons pas à attendre de tout un chacun d'être capable de le faire. Si nous ne le faisons pas (et nous ne le faisons pas assez à l'ESA), nous devenons lointains, distants, des technocrates décorrélés des citoyens. En un anglicisme inexcusable ici : « *irrelevant* ». C'est cette barrière de la langue, entre autres, qui fait qu'aujourd'hui, quand un Allemand vole dans l'espace, les Français le remarquent à peine… et vice versa. Difficile de bâtir un programme ambitieux en étant morcelés. Les Chinois, les Indiens sont, eux, tous en ordre de marche et la fierté du pays tout entier suit les pas de leurs envoyés spatiaux. C'est au final une force plus grande que tout avantage technologique.

E.K. : Milan Kundera disait qu'« être européen, c'est avoir la nostalgie de l'Europe ». Cette définition me semble sonner juste, mais on ne peut pas se préparer un avenir en se fondant seulement sur une nostalgie. L'esprit européen est bien davantage qu'un héritage intellectuel, artistique, spirituel et scientifique. Finalement, l'Europe, c'est un peu comme la science : un geste ambigu qui se réinvente sans cesse, une démarche continue qui consiste à toujours se séparer de soi, à ne jamais en rester là où on en est, à aller de l'avant, à toujours remettre en question son héritage. À ce propos, avez-vous remarqué que l'anagramme de *l'esprit européen* est *repenser l'utopie* ? Je sais que cela relève du hasard le plus pur, mais tout de même, ça fait drôlement mouche.

En outre, ce que dit Thomas sur la langue anglaise me paraît très juste. Cela illustre d'ailleurs parfaitement ce que pense le philosophe et philologue Heinz Wismann : en Europe, l'anglais est devenu ce qu'il appelle une « langue de service », une langue plate, une langue qui ne nous touche pas, qui *dénote* mais ne *connote* pas, comme il dit. Or l'Europe a besoin pour se dire de langues riches, de langues qui donnent sa part à la raison et leur part aux émotions, bref de véritables langues de culture.

Pour ce qui est de l'Europe en tant que territoire géographique, permettez-moi d'user d'une métaphore issue de la physique nucléaire. Quand on ajoute des protons et des neutrons à un noyau d'atome, on finit par le rendre instable : il devient radioactif, c'est-à-dire se trouve condamné à devoir émettre une particule qui le débarrasse de son trop-plein d'énergie.

Eh bien, l'Union européenne, c'est un peu cela : à force d'élargissements successifs, de couches administratives, de traités empilés, on a peut-être atteint trop vite cette zone critique. Et au lieu de stabiliser l'ensemble, ce gonflement généralisé a produit des effets centrifuges faits de tensions internes et de frustrations en tout genre. On sent bien que se développent aujourd'hui des sentiments d'appartenance contrariés, des déceptions et des tentations extérieures, venues du

Golfe, d'Asie du Sud-Est ou d'ailleurs, qui jouent le rôle de pôles attractifs concurrents.

Mais ce qui me frappe, c'est ce paradoxe structurel de l'Europe : sa capacité à engendrer de brillantes percées intellectuelles, scientifiques ou techniques au cœur même de ses périodes les plus troublées. Il suffit de regarder ce que le continent a produit entre 1923 et 1938 dans le domaine de la physique, avec la mise sur pied de la mécanique quantique et les premiers pas de la physique nucléaire ! Ce sont quinze années d'invention fulgurante, de bonds conceptuels majeurs, effectués aux quatre coins de l'Europe – à Copenhague, à Göttingen, à Leipzig, à Cambridge, à Budapest, à Zurich, à Paris, à Rome… Tous ces foyers de pensée dialoguent, se stimulent, produisent un corpus scientifique absolument vertigineux. Et dans le même temps, l'Europe porte au pouvoir Mussolini, Hitler et Franco ! Cette cohabitation du meilleur et du pire a quelque chose de tragique. L'intelligence virevolte tandis que la dictature s'installe.

Ce qui s'est passé ensuite, c'est une bascule irréversible. Par les effets de la guerre et aussi de l'antisémitisme, l'Europe se prive de ses élites scientifiques. Les grands physiciens et les mathématiciens juifs ont dû partir, à commencer par Einstein, dès 1933. Ils ont traversé l'Atlantique, certains à la dernière minute. C'est ainsi que la puissance scientifique que l'Europe avait patiemment construite a basculé vers les États-Unis. Il ne s'agit pas seulement d'une fuite des cerveaux : il s'agit d'un transfert de souveraineté intellectuelle. Ce transfert a façonné le monde dans lequel ma génération a vécu, et qui est d'ailleurs peut-être en train de s'inverser : aujourd'hui, du fait de la politique de Trump, de nombreux chercheurs installés aux États-Unis souhaitent venir en Europe…

À ce sujet, je vous invite à vous pencher sur un document fascinant, un peu méconnu : l'opération Epsilon. C'est le nom donné à la capture, en 1945, de dix physiciens allemands parmi les plus brillants de leur génération, que les Britanniques ont retenus pendant plusieurs mois dans une maison près de Cambridge, en Angleterre. La maison était intégralement équipée de micros permettant de capter les conversations. Ces savants se parlaient entre eux librement, sans savoir qu'ils étaient sur écoute. On a notamment pu les entendre réagir à l'annonce, en août 1945, des bombardements d'Hiroshima et Nagasaki. Certains se montrent incrédules, d'autres déconcertés, d'autres encore amers de n'avoir pas su, ou pu, faire de même. Ce document est bouleversant, car il montre à la fois le désarroi, la lucidité, et parfois même le cynisme de ces hommes qui se sentent comme dépossédés de leur savoir et de leur pouvoir.

À travers leurs réactions, on entend l'écho d'une Europe qui vient de se désintégrer.

U.M. : Je vous prie par avance d'excuser cette question gigantesque, mais... avez-vous l'un et l'autre une définition de l'Europe ?

E.K. : Thomas ?

T.P. : Étienne ?

E.K. : Eh bien... oui, j'ai une anecdote à raconter.

En 1980, alors que j'étais encore étudiant, j'ai eu la chance d'effectuer un stage d'été au CERN, à Genève. La toute première leçon de physique nous fut donnée par une figure impressionnante, une authentique légende sur pattes : le professeur Victor Weisskopf. Ce physicien autrichien, naturalisé américain, était alors un vieil homme digne, solennel mais malicieux, un intellectuel dans ce que le mot a de plus noble. Dans les années 1930, il avait effectué sa thèse sous la direction de Wolfgang Pauli avant de participer au Projet Manhattan. Par la suite, il avait dirigé le CERN. En d'autres termes, il en avait beaucoup vu et vécu. Son parcours incarnait à lui seul un pan entier du XXe siècle. Mieux encore : une culture, une civilisation en filigrane.

Ce jour-là, face à cet homme droit et rayonnant, nous étions une centaine d'étudiants et d'étudiantes venus de toute l'Europe, des Anglais, des Suédois, des Allemands, des Hollandais, des Français. Quelque chose s'est joué pour moi.

C'est là, je crois, que j'ai rencontré l'Europe pour la première fois.

Elle avait un visage. Celui d'un vieil homme debout devant une assemblée juvénile, un concentré de mémoires, de langues, d'horizons mêlés. Depuis ce jour, inconsciemment, chaque fois que je pense à l'Europe, c'est cette image qui me revient, celle de Victor Weisskopf, maître et témoin d'un héritage commun, parlant à ces jeunes têtes venues de partout mais réunies là, en un même lieu, au nom d'une même quête de connaissances.

La connaissance avait pour nous tous une valeur à part entière, déliée de toute implication pratique, sociale ou politique ; nous partagions deux passions, celle de l'abstraction et celle de la conversation. Je m'en souviendrai toujours : une grâce très particulière irradiait.

Si certains ne voient dans ces souvenirs que de vagues généralités ou de vastes idées creuses, c'est peut-être qu'ils sont déjà, sans le savoir, devenus un peu sourds à ce que l'héritage européen peut avoir de plus vivifiant. Sous le soleil de Genève, dans l'enceinte du CERN, c'est une image très concrète de l'Europe culturelle qui prenait corps devant nous. Et elle était bien là, vibrante, à hauteur d'homme et de femme.

T.P. : La rencontre de l'Europe s'est faite pour moi par contraste : j'ai grandi et fait mes études en France, puis j'ai passé quelques mois au Mexique pour un stage d'études. Je n'avais encore aucun recul, et donc aucune conscience d'une quelconque appartenance européenne.

C'est la carrière d'astronaute qui m'a peu à peu révélé cette part de mon âme – à force de vivre loin d'elle, à force de côtoyer des mondes non européens.

Un jour à Houston, au Texas, lors d'une séance de simulateur de navette spatiale avec un Américain un peu caricatural, ancien pilote de chasse qui n'avait pas dû souvent franchir ses frontières, j'ai été missionné pour être son copilote. Dans son accent traînant du Midwest, il me dit alors : « Ahh, c'est marrant, je suis moi-même allé dans l'espace une fois, il y avait deux Européens : Christer Fuglesang (suédois) et André Kuipers (néerlandais). Ça m'a fait rire : ils parlaient anglais entre eux ! »

Dans l'esprit de cet homme, quelle langue auraient-ils donc dû parler ? L'européen ? J'ignore ce qu'il s'imaginait.

C'est à force de vivre des expériences de ce genre, presque en ombres chinoises, que l'Europe est devenue pour moi une réalité non seulement vécue, mais, davantage encore, conscientisée.

E.K. : À ce moment de notre discussion, on doit rappeler la formule célèbre d'Umberto Eco :

« La langue de l'Europe, c'est la traduction. » Nul besoin donc d'y parler une langue commune et unifiée dès lors que nous portons en nous cet art du passage « entre les langues », cette manière d'habiter l'Europe et, en un sens, d'y voyager en traduisant sans cesse ce qui s'y dit et ce qui s'y pense.

D'ordinaire, lorsque l'on veut expliquer la spécificité de l'Europe, on convoque un certain nombre d'arguments, toujours les mêmes : les conceptions religieuses, les orientations culturelles, le climat, l'héritage grec, l'éthique judéo-chrétienne, le pillage colonial, et j'en passe. Mais prenons plutôt une mappemonde ou un atlas (ou bien demandons à Thomas ce qu'il a vu de là-haut). Et regardons plus spécifiquement la topographie de l'Europe. N'apparaît-elle pas tout à fait singulière ? Nous découvrons ce que David Cosandey, dans son fameux livre *Le Secret de l'Occident*, a appelé une « thalassographie articulée ». Ce terme désigne une morphologie territoriale pleine d'enchevêtrements qui rend possibles la formation et l'existence durable d'« États stables et prospères ». L'Europe est en effet un ensemble de terres tout à la fois séparées et reliées par des mers qui jouent le double rôle d'obstacle et de lien. D'une part, elles individualisent et pérennisent des entités politiques rivales qui se trouvent relativement protégées. D'autre part, en liaison avec les cours d'eau navigables, elles font de ces entités politiques des partenaires aussi bien que des concurrentes, en permettant entre elles des échanges de biens et la circulation des individus. Qu'on en juge par ce simple chiffre : l'Europe de l'Ouest jouit de quatre à cinq fois plus d'ouvertures sur la mer, à superficie égale, que le Moyen-Orient, l'Inde ou la Chine, qui sont pour l'essentiel d'énormes masses continentales dont la topographie a été longtemps moins favorable aux échanges.

Je ne souhaite pas aller trop loin dans cette direction, mais il me semble qu'il y a dans la *spatialité* même de l'Europe quelque chose qui rejoint l'esprit de la traduction. Voire une sorte de métaphysique du mouvement, du passage, de l'interconnexion, peut-être même un véritable commerce « spirituel ». Je ne saurais dire si cette spécificité topographique a été à elle seule génératrice d'une spécificité culturelle, mais je me demande si l'esprit européen dont nous parlons finira par se dissoudre dans la mondialisation. J'espère que non. Je constate que, pour l'heure, l'Europe continue d'incarner pour le reste du monde une culture originale.

T.P. : Ce qui marque l'Europe, dans la continuité de ce que dit Étienne, c'est la confluence des forces dans un projet commun, transnational et transculturel. L'idée européenne est, d'une certaine manière, fédératrice et fédérale : la condition sine qua non de sa réalisation, c'est la participation volontaire (c'est-à-dire non contrainte) de ses membres, de l'ensemble de ses régions. Pari osé, périlleux souvent et magnifique, comme toutes les initiatives nées d'un désir de convergence… La convergence, c'est le dépassement par la volonté. C'est la volonté de s'oublier parfois en tant que nation au nom d'une solidarité à laquelle on croit avec d'autres, pas juste de se contenter d'une association économique, un deal gagnant-gagnant de businessmen – qui est la définition plus anglo-saxonne de la convergence, avec les limites et les résultats que l'on sait.

C'est aussi pourquoi je me méfie des définitions trop rigides ou trop ontologiques de l'Europe, comme lorsqu'on la réduit par exemple à une terre chrétienne. Cela contient une part de vérité historique, bien sûr, mais ce genre de définition méconnaît tout ce que l'Europe a su produire de plus inattendu, de plus inventif et ouvert. Sans parler du fait qu'elle exclut sans raison des pays comme l'Albanie, très européenne dans sa culture, bien qu'à majorité musulmane… Et même entre les catholiques français ou italiens, les protestants suisses, les orthodoxes grecs ou bulgares, les différences sont telles qu'aucun socle théologique ne semble tenir lieu de fondation stable.

Pour ma part, je crois que l'Europe existe dès lors qu'un certain désir de faire route ensemble circule. Dès lors qu'on y croit. Et qu'on y croit non pas comme à un programme politique ou administratif, mais comme on aime : sans certitude, sans garantie mais avec sincérité.

U.M. : Ainsi, pour vous, la notion d'Europe a plus de vérité ou de substance que la notion d'Occident ?

T.P. : Oui. L'Europe est ma réalité quotidienne. Je connais ses langues, sa géographie, ses institutions, ses projets culturels, scientifiques et son programme spatial. Chaque jour, dans les couloirs ou les salles de réunion de l'ESA à Cologne, j'interagis avec dix nationalités européennes différentes.

L'Europe, surtout, se caractérise par le fait que chaque initiative fait entrer dans l'algorithme plusieurs pays : il n'y a pas de cavalier seul mais une codépendance consentie.

L'Occident me semble plus flottant et indéfini. Déjà, l'Occident, c'est ce qui est à l'ouest, et en tant qu'ingénieur, je suis obligé de souligner qu'il y a là un ethnocentrisme dommageable : ce qui est à l'ouest du vieux monde ne l'est pas du monde entier. L'Europe, géographiquement, c'est plus clair, ça souffre moins de discussions. De surcroît, les Américains, qu'on englobe allègrement dans l'Occident, ne servent jamais que leur intérêt propre, à l'instar de la Chine et de la Russie : ce cavalier seul supporte mal l'inclusion sémantique dans un collectif, le vidant en cela de son sens. Les pays d'Europe, eux (et oui, c'est parfois l'objet de dissensus internes très durables, mais c'est une particularité rare et caractéristique), font souvent passer l'intérêt européen avant l'intérêt strictement national – à l'exception bien sûr du Royaume-Uni, dont on connaît la conception unilatérale de la solidarité, qui a mené au Brexit : je veux bien recevoir, mais je préfère ne rien donner si c'est possible… Qu'on s'en réjouisse ou qu'on le déplore est une autre affaire : il n'en demeure pas moins que nous sommes les seuls, dans le monde, à avoir forgé, au XXe siècle, ce type d'alliance civilisationnelle, ce type de vie en circulation.

On voit enfin qu'aux heures où pourrait s'effriter l'amitié américano-européenne l'Europe pourrait être un rempart à l'Occident. Ces mondes, donc, ne sont pas nécessairement complémentaires ; l'européanité pourrait bien, un jour ou l'autre, représenter le refuge contre une menace occidentale venue de l'Ouest transatlantique.

E.K. : Je suis parfaitement d'accord avec Thomas. L'Europe a une incarnation – j'allais dire une « corporéité » – bien plus claire et bien plus perceptible que l'Occident. On peut traverser l'Europe à vélo, on peut s'y baigner, en sillonner les contours en voilier. Vous n'êtes pas convaincus par ce que je dis là ? Eh bien, allez donc faire un « voyage d'été en Occident » !

U.M. : La notion de « Sud global » vous semble-t-elle pertinente ? Thomas nous a parlé de l'émergence, dans le domaine spatial, de nouvelles puissances comme l'Inde, la Chine et les pays du Golfe – donc, habituellement, les nations qu'on qualifie comme appartenant au « Sud global ». Existerait-il, à rebours de la vieille domination des puissances occidentales, une solidarité montante des « empires du Sud » ?

T.P. : Il me semble que tous ces grands blocs qu'on se figure ne sont pas très incarnés ; ces notions génériques, le Sud global, l'Occident, répondent aux circonstances du moment ; ce sont des alliances ponctuelles assez lâches car finalement très peu définies (autrement que par leur simple label) comme il en a toujours existé, et nous savons qu'elles peuvent se défaire avec la même facilité que Pénélope détricote sa toile en une nuit.

L'Europe, elle, ne se détricote pas aisément : le maillage est si fort, historique, solide et savant, qu'il faudrait bien des nuits et de la témérité pour en venir à bout.

Par ailleurs, il est plutôt souhaitable que les forces circulent. C'est une bonne nouvelle que les énergies et les dynamiques s'ouvrent aux pays du Sud, à ces cultures tellement pleines de ressources et trop longtemps négligées ; il est bon que ces énergies ne soient plus confisquées par les quelques puissances du Nord. Si ça ne tenait qu'à moi, je pousserais même bien davantage les tentatives de connexion, les collaborations scientifiques et institutionnelles entre l'Europe et la Chine, l'Europe et l'Inde, l'Europe et les pays du Golfe, et on pourrait même parler des pays d'Amérique latine, de l'Afrique et de l'Australie : dès lors qu'on garde notre ancrage européen et notre foi en ce que nous sommes, nous aurions fort à gagner à décupler les forces dans quelques grands projets globaux. Il faut accepter les dynamiques du monde et s'y adapter intelligemment, car quoi qu'il en soit nous n'aurons pas le choix : le processus s'imposera comme la mondialisation s'est imposée *nolens volens* à l'ensemble du globe.

E.K. : Pour ma part, je voudrais simplement rappeler que c'est bien l'Europe qui, au XVIIIe siècle, a forgé une certaine idée de l'universel. L'esprit des Lumières invite en effet à croire à l'universalité, notamment à celle des droits de l'homme. Il promeut également un universel lié à la science, aux vérités des sciences. L'Europe a ensuite porté et même transporté cette idée de l'universel, tantôt avec grandeur, tantôt avec aveuglement. On le lui reproche aujourd'hui, non sans raison. Car au nom de cet universel, elle a aussi voulu imposer ses modèles, ses lois, ses procédures, sa vision du monde aux autres civilisations. La colonisation a été l'un des vecteurs de cette prétention.

Aux yeux des philosophes des Lumières, le temps qui passe est constructeur, au sens où il est complice de notre volonté et de notre liberté, à la condition que nous fassions l'effort intellectuel d'investir dans une certaine représentation de l'avenir et que nous travaillions à la faire concrètement advenir. Aujourd'hui, nous n'accordons plus au temps de telles vertus positives, peut-être parce que les vérités qu'exhibent les sciences, notamment celles à propos de l'environnement, ne nous consolent plus. Apportant leur lot de mauvaises nouvelles, elles nous désenchantent plutôt, quand elles ne nous inquiètent pas. En conséquence, le temps qui passe nous apparaît bien plus corrupteur que constructeur.

Nous vivons aujourd'hui dans le contrecoup des utopies dépassées. Même ce que l'on appelle désormais le « Sud global » peut être interprété comme l'écho tardif de la colonisation, une manière de réintégrer les marges dans un nouveau centre. N'était-ce pas encore Cioran qui écrivait dans ses *Cahiers* : « Que sera l'avenir ? La révolte des peuples sans Histoire » ?

Ce n'est évidemment pas à prendre au pied de la lettre : il n'existe pas de peuples sans Histoire, et il serait parfaitement absurde d'aller clamer cela à propos de l'Inde ou de la Chine ! Mais il me semble que cette phrase condense une intuition tragique : celle d'un retournement. Nous vivons le moment où l'Histoire se montre et se démontre là où on l'avait niée. Où l'universel oublié revient par ceux à qui on l'avait refusé, non plus comme promesse, mais comme revendication.

Toutefois, rien ne nous oblige à craindre ce retour. Il peut ne pas être revanchard en prenant plutôt la forme d'une nouvelle sorte de dialogue, d'une « coopétition » aussi féconde que celle que nous connaissons dans le domaine spatial, où la rivalité, le plus souvent, n'empêche pas la collaboration, mais au contraire l'aiguillonne.

En guise de conclusion pour notre conversation, je voudrais dire qu'en levant le nez vers le ciel nous apercevons désormais *deux* étoiles du Berger : l'une, naturelle, que les Anciens suivaient déjà et qui leur indiquait une direction en même temps qu'elle symbolisait à leurs yeux une espérance ; l'autre, artificielle, suspendue à quatre cents kilomètres au-dessus de nos têtes, n'est autre que la Station spatiale internationale.

Cette dernière incarne à sa manière un autre type de lumière, celle de la curiosité partagée, de la recherche menée sans frontières, d'une interface discrète et respectueuse entre notre monde terrestre et l'univers tout entier.

C'est à cette nouvelle sorte d'étoile que, pour ma part, je confie mon espérance.

T.P. : L'ISS, c'est peut-être ça, notre étoile du Berger contemporaine : une lumière fragile, faite de compromis, de câbles et d'accords.

Elle prouve que l'on peut faire orbite commune… même quand on ne vient pas du même monde. C'est une idée assez belle pour avoir envie de la porter encore plus loin.

À PROPOS DES AUTEURS

Thomas Pesquet :

Né en 1978 à Rouen, Thomas Pesquet est ingénieur aéronautique, pilote de ligne et astronaute au sein de l'Agence spatiale européenne (ESA). Sélectionné en 2009 pour le corps des astronautes, il effectue une première mission à bord de la Station spatiale internationale (ISS) de novembre 2016 à juin 2017, puis une seconde en 2021, devenant le premier Français à commander un véhicule spatial (au total, il cumule 396 jours dans l'espace). Figure emblématique de l'exploration spatiale européenne, il incarne une approche scientifique, pédagogique, écologique et profondément humaniste de l'exploration. Il a raconté son parcours dans *Ma vie sans gravité* (Flammarion, 2023).

Étienne Klein :

Né en 1958, philosophe des sciences et producteur à France Culture, Étienne Klein est directeur de recherches au CEA et il enseigne à CentraleSupélec. Spécialiste de la question du temps, il s'attache à rendre accessibles les grandes questions scientifiques contemporaines. Sa voix singulière dans le paysage intellectuel français mêle rigueur conceptuelle et souci de clarté. Auteur de nombreux essais, il vient de publier *Transports physiques* (Gallimard, 2025).

TABLE

Des mêmes auteurs
(suite)

Étienne Klein

Anagrammes renversantes ou Le sens caché du monde, avec Jacques Perry-Salkow, Flammarion, 2011.

Le Small Bang des nanotechnologies, Odile Jacob, 2011 ; « Poches », 2025.

Pourquoi je suis devenu chercheur scientifique, propos recueillis par Ludovic Ligot, Bayard, 2009.

Galilée et les Indiens. Allons-nous liquider la science ?, Flammarion, coll. « Café Voltaire », 2008 ; Champs, 2013.

Quand la science a dit... c'est bizarre !, Le Pommier, 2008.

Les Secrets de la matière racontés en famille, Plon, 2008.

Le facteur temps ne sonne jamais deux fois, Flammarion, 2007 ; Champs, 2009, 2016.

Petit Voyage dans le monde des quanta, Champs, 2004 (prix Jean Rostand, 2004).

Les Tactiques de Chronos, Flammarion, 2003 ; Champs, 2004, 2009, 2021.

Moi, U235, atome radioactif, avec B. Bonin et J.-M. Cavedon, Flammarion, 2001.

L'Unité de la physique, PUF, coll. « Science, histoire et société », 2000.

L'Atome au pied du mur et autres nouvelles, Le Pommier, coll. « Romans & plus », 2000 ; nouv. éd. 2010.

Le Temps et sa Flèche, avec M. Spiro (dir.), Éditions Frontières, 1995 ; Champs, 1996.

Conversations avec le Sphinx. Les paradoxes en physique, Albin Michel, coll. « Sciences d'aujourd'hui », 1991 ; Le Livre de Poche, 1994.

NORD COMPO
multimédia

Composition et mise en pages
Nord Compo à Villeneuve-d'Ascq

CET OUVRAGE
A ÉTÉ ACHEVÉ D'IMPRIMER
PAR L'IMPRIMERIE NORMANDIE ROTO IMPRESSION S.A.S.
À LONRAI EN SEPTEMBRE 2025

*Les Éditions Flammarion sont investies dans une démarche active
pour l'empreinte environnementale de leurs parutions.
Ainsi, le livre que vous tenez entre vos mains a été imprimé
sur des papiers issus de forêts gérées durablement,
par un imprimeur engagé dans la protection de l'environnement.*

N° d'édition : 672213-0. N° d'impression : 2503728
Dépôt légal : novembre 2025
Imprimé en France